CE QUE LA NUIT NOUS AVAIT PROMIS

« *Il faut imaginer Sisyphe heureux.* »
Albert Camus, Le Mythe de Sisyphe

PARTIE I

Dalia

1

Je voulais mourir, mais c'était trop tôt.

Je ne comprenais pas. Je n'avais pas eu envie d'y aller ce jour-là, comme ceux d'avant, quel était le mal à cela ? J'étais restée toute la journée dans le salon, à lire un livre puis à boire du café en finissant le dernier chapitre. Plongée dans un tout autre univers, je ne m'étais pas rendue compte que la nuit était tombée. J'entendais alors ma mère rentrer, en colère, suivie par son mari, lui aussi agacé. Je ne fis pas d'effort pour me lever, je restais assise sur le fauteuil en cuir rouge d'un vin de Bourgogne, et réfléchissais à ce roman qui m'avait tant bouleversée. Non pas qu'il fut triste, ni même choquant, seulement injuste, il m'avait en quelque sorte révoltée et frustrée, car je n'avais réussi ni à exprimer cette colère qu'il m'avait transmise ni la cause de celle-ci. C'est vrai, après tout, pourquoi l'aurait-il condamné ? Ils n'avaient aucune preuve. Il était tout aussi innocent qu'elle, ou bien peut être tout aussi coupable qu'elle.[1] Il y avait deux vérités, ou alors aucune. Je ne sais pas. Enfin, je fermai le livre et pris le temps de lever mon visage, mes yeux se dirigèrent vers leurs corps.

---

[1] Les Choses Humaines, Karine Tuil (2019), Prix Goncourt des Lycéens.

- Ce n'est plus possible. Il va falloir arrêter de vivre comme bon te semble. Ce n'est pas ça la vie, affirma ma mère sûre d'elle.
- Ah oui ? Dis-moi alors, c'est quoi la vie ? Parce que la tienne ne me paraît franchement pas plus divertissante que la mienne.
- Ne parle pas à ta mère ainsi, m'ordonna Einar.
Nous faisions face à la même situation chaque soir depuis août.
- Mais allez-y ! Nous y arriverons quoiqu'il arrive, pourquoi vous faites durer cette discussion ? Nous ne sommes pas d'accord et tous les trois ici le savons, alors allez-y, je vous écoute.
- Non, c'est bien ça le problème, c'est que tu ne nous écoutes pas.
- J'écoute.
- Non, tu entends.

Un bref silence s'imposa et avant même que je ne réponde, ma mère me coupa.
- Einar et moi voulons que tu retournes étudier tous les jours, sans faute, pas seulement quand cela te chante parce que c'est un professeur dont tu aimes les cours. C'est ça, ou tu te trouves un boulot. Et vite.

Jusque-là, ma mère ne m'avait pas ordonné quoique ce soit, je pensais qu'elle devait être tout aussi perdue que moi et cela était compréhensible. J'avais passé plus de dix-sept ans de ma vie à toujours être studieuse, vouloir être la meilleure et en deux mois, j'avais perdu toute motivation, j'avais des ambitions, différentes certes, mais elles ne lui plaisaient pas. Elle

était le genre de mère protectrice. Pourtant, nous nous aimions beaucoup, bien que nous étions en désaccord sur ce sujet.
- Einar ? J'en ai rien à faire de ce qu'il pense, il n'est pas mon père.
- Ce n'est pas le problème Dalia, mon amour. Écoute, j'ai passé une longue journée, pleine de réunions et de rendez-vous, je suis épuisée, je n'ai pas la force de me battre encore avec tes idées révolutionnaires qui sortent de nulle part. Tu as toujours beaucoup travaillé et dit aimer cela, je ne vois pas pourquoi ça changerait. Demain, tu iras à la fac, comme tout le monde, point barre. Et si tu vas mal, tu n'as qu'à me le dire, je suis ta mère.

Je ne savais pas bien quoi répondre. C'était ma mère oui, c'est vrai. J'avais aimé travailler sans vraiment savoir pourquoi oui, mais aller mal, non. Enfin, si, peut-être. Là était le problème, c'est que je ne savais pas, je ne savais plus. Je ne savais pas comment ni pourquoi, mais cela faisait quelques mois que je me sentais vide pour n'importe quelle raison, comme si j'avais perdu toute raison d'exister. Je ne trouvais plus aucun sens à la vie. Quand j'écoutais les informations ou alors regardais les enfants dans la rue, j'avais honte de faire partie d'un monde si violent, si artificiel. Quand des enfants criaient ou pleuraient, – et c'est tout à fait normal – leurs parents, pour éviter plus d'embarras, leur donnaient gentiment leur téléphone afin qu'ils se taisent. Mais est-ce cela éduquer un enfant ? Pourquoi vivions-nous encore si nous n'étions plus capables de communiquer, de nous aimer ? J'avais l'impression de ne plus être à ma place nulle part, comme si je ne devais plus appartenir à ce monde.

Ce n'était pas de la tristesse, non, je n'étais pas triste, je n'arrive toujours pas à poser les mots dessus, mais c'était étrange, presque absurde. Comment, en si peu de temps, pouvais-je changer de vision ? C'était effrayant et palpitant à la fois. Ce qui faisait peur à ma mère, et à moi-même, c'était que dans cette étrangeté, j'avais trouvé un confort. C'était sans doute plus simple de penser comme je le faisais : rien ne compte, rien ne me touche, rien ne me blesse. Une mauvaise note, ce n'est pas grave, j'ouvrirai un bar. Perdre une amie par mon indifférence, ce n'est pas si grave, j'aime être seule. Décevoir ma mère, ce n'est pas si grave, je ne l'ai jamais vraiment rendue fière. Ce cercle vicieux m'entraînait dans une profonde solitude dans laquelle j'y avais trouvé ma place et cette sensation terrible de vouloir en sortir tout en y étant bien m'arrachait le cœur à pleines dents. Je ne comprenais pas pourquoi parfois, rire, me donnait envie de mourir, comme si en réalité, je ne vivais déjà pas. Tout cela, je ne lui avais pas dit, j'avais préféré répondre, lâchement, que oui, j'y retournerai, que je ferai un effort. Après tout, je l'aimais ma mère, je ne supportais pas de voir mon état l'affecter, si quelqu'un devait être puni, c'était moi.

Nous étions au début de l'hiver, les nuits s'étaient raccourcies à une vitesse hallucinante. L'après-midi venait à peine de commencer que je pouvais déjà voir les étoiles apparaître dans le ciel. Elles étaient belles malgré les lumières de la ville qui adoucissaient leur éclat. Bergen était la ville la plus pluvieuse d'Europe, cent-soixante-neuf jours de pluie par an. Les jours étaient sombres et les nuits glaciales. J'adorais pourtant ce climat, cette atmosphère surprenante. J'aimais sortir me promener, ayant d'une main un parapluie et de l'autre un coupe-vent. Malgré tout, cette ville me surprenait chaque jour un peu plus et je ne me lassais pas d'elle ; j'y trouvais un certain calme que je n'avais trouvé nulle part ailleurs. Elle était en quelque sorte un paradis pour les amoureux de la pluie, les poètes, les romantiques, les peintres et tant d'autres. Bergen inspirait certains et en apaisait d'autres.

Alors que je fixais la clôture tordue de mon jardin, que Einar n'avait sans doute pas encore eu le temps de réparer, une pensée me vint. Cela faisait maintenant deux mois que je n'avais pas ri. J'avais presque oublié le son de ma voix lorsqu'elle gloussait. Rire à en avoir mal au ventre, rire à penser : « Est-ce possible de mourir ainsi ? », rire simplement. Avant, les rires résonnaient dans les murs de ma maison, aujourd'hui le silence plombe dans celle-ci.

Ils venaient de s'endormir. Je les avais entendus, je crois, ma mère pleurait dans ses bras. Elle ne savait pas ce qu'elle avait raté, elle se demandait à quel moment de mon éducation elle avait fait erreur pour que je devienne ainsi. Cela me faisait mal, il n'y avait rien maman. Quand j'entendis son dernier sanglot, une larme coula à mon tour sur ma joue, cela faisait un an que ce n'était pas arrivé. Pourquoi maintenant ? Pourquoi pas jamais ? Je me levai et allai me regarder dans le miroir. Mes yeux étaient rouges, sans doute pour exprimer la colère qui s'était immiscée en moi, et mes pupilles dilatées comme si j'avais fumé depuis des heures. J'orientai alors mon visage vers la fenêtre. Il neigeait. Dehors, la nuit avait l'air froide, le ciel était presque blanc tant la brume d'étoiles claire était intense. C'était joli. J'eus tout à coup envie de partir voir la mer, j'avais besoin d'air frais, ma tête me faisait mal, j'avais l'impression que des couteaux s'enfonçaient dans mon crâne chaque fois que je respirais. J'étouffai. Je cherchai donc mon manteau, enfilai une écharpe et mis mes gants. Je pris une lampe torche car les rues la nuit étaient sombres depuis que le maire, soucieux de l'environnement, avait pris la décision d'éteindre les lampadaires. J'ouvris la porte de ma chambre discrètement, craignant que Einar ne se réveille, marchai dans le salon, entrouvris la porte du garage et empruntai un vélo. Je partis vers le port le plus rapidement possible, ralentie par les flocons de neiges qui troublaient mon chemin et rendaient glissant le sol.

2

L'air était si froid que mes yeux, déjà rougis par mes pleurs, me brûlaient et criaient de rage. Mes joues me picotaient et je sentais mes lèvres se bleuir. J'arri-

vai sur le ponton et couchai mon vélo sur le bois. Je remis mon écharpe autour de mon cou qui s'était évadée à cause du vent puis m'assis au bord de l'eau. Les étoiles se reflétaient dans le mouvement des vagues, c'était comme si Njörd[2] avait peint passionnément chaque grain de sable pour qu'il remonte à la surface et fasse briller la mer. Je pleurais. Cela faisait si longtemps que cela ne m'était pas arrivé : j'avais oublié que mon nez lui aussi coulait. J'allumai une cigarette et fixai l'horizon. C'était paisible. Puis, alors que je reniflais encore dans ma manche n'ayant rien pour sécher mes pleurs, j'entendis des pas derrière moi. Il était tard pourtant et à Bergen, surtout un mardi soir, les rues étaient vides. Je pris peur, je décidai d'ignorer ce qui se passait derrière moi et sortis une autre cigarette que je n'arrivai pas à allumer.
- Tu devrais le prendre comme un signe, me surprit un homme, dont il était impossible de voir les traits de son visage. Seuls ses yeux bleus ressortaient.
- Pardon ?
- Ne la fume pas.

Il me disait cela en me fixant, comme s'il m'avait toujours connue, comme un père qui dit à son fils ce qu'il doit faire la première fois qu'il voit une fille. Je ne répondis, alors il continua.
- Pourquoi veux-tu fumer ?
- Parce que c'est agréable.

---

[2] Dieu nordique du vent et de la mer.

- Faux. Ça, c'est ce qu'on veut te faire croire. Il n'y a rien d'agréable à s'empoisonner. C'est ton choix, ta liberté : mourir ou vivre.
- Mourir ?

Il me sourit, les yeux pétillants de joie. Je ne comprenais pas bien pourquoi, ma réponse était sincère, je ne souhaitais plus vivre, je n'y voyais plus d'intérêt. Je pensais alors qu'après avoir dit cela, il serait parti et aurait essayé de convaincre un autre ; il était un lobby de la vie, mais au contraire, au lieu de s'enfuir, il s'assit à côté de moi, comme si nous nous connaissions depuis des années, comme s'il s'agissait d'un rituel.
- Alors, pourquoi ?
- Pourquoi quoi ?
- Pourquoi veux-tu mourir ?

Cette discussion manquait de sens, j'étais fatiguée, je commençais à regretter mon escapade et rêvais d'être au fond de mon lit puis de dormir pour ne penser à rien.
- Je ne sais pas.
- C'est ridicule, il doit bien y avoir une raison.
- Peut-être pas. Peut-être que je ne trouve simplement pas de sens à la vie. Peut-être que la mort pourrait me rendre heureuse. De toute façon, je ne pense pas être assez courageuse pour le faire.
- Tu crois en Dieu ?

Cet homme était étrange, il posait des questions si intrusives que quiconque se serait déjà senti insulté, mais moi, j'aimais cela, j'avais l'impression qu'il vou-

lait vraiment savoir pourquoi et pas seulement me faire culpabiliser.
- Je ne crois pas en un dieu en particulier, à vrai dire, on ne m'a jamais formatée à quoi que ce soit. Tu vois, il y a des enfants qui dès leur naissance, âgés d'à peine trois mois, vont à l'église et se font baptiser. Moi, ma mère est athée. Je crois cependant qu'il existe quelqu'un qui nous guide, je ne sais pas qui, mais je crois oui que je crois en Dieu. Du moins, j'ai envie d'y croire.
- Et tu penses que te donner la mort pourrait te sauver ?
- Toi, tu crois que la vie a un sens sans la mort ?
- Je pense qu'il faut savoir quand mourir au bon moment.
- Je ne sais plus ce que je veux ou ce que je ne veux pas, lâchai-je brutalement.

Je ne l'avais toujours pas regardé jusque-là, lui pour l'instant n'avait jamais cessé de le faire, je le sentais. Je ne comprenais pas bien pourquoi, mais il ne me faisait pas peur, j'avais l'impression qu'il avait seulement besoin de parler à quelqu'un. Je me fis la réflexion qu'au lieu de parler de moi, j'aimerais entendre parler de lui alors je relevai mon regard vers lui, étalai les cendres de ma cigarette sur le bord du ponton et le regardai profondément.
- Je n'ai pas envie d'en parler sincèrement, je dirai n'importe quoi car moi-même, je n'ai pas les réponses à tes questions.

- Très bien. Je vais te parler de moi alors, seulement promets-moi une chose. Ne comprenant pas sa requête, je fronçai les sourcils. Après, tu accepteras de passer la nuit avec moi, durant laquelle je ferai mon possible pour changer ta vision de la vie. J'essaierai de te rendre heureuse.
- Mais on ne se connaît pas.
- Pas encore.
- D'accord.

Cette nuit-là à Bergen avait été la plus froide et la plus pluvieuse de l'année et pourtant, le soleil n'avait jamais autant brillé.

3

Il ne m'avait pas dit son nom. Il avait vingt ans et était anglais. Il avait vécu avec sa mère, dans la banlieue de Londres jusque-là et était venu à Bergen rejoindre son père. Il ne m'avait pas vraiment expliqué pourquoi, mais m'avait dit vouloir recommencer sa vie et ne plus faire les mêmes erreurs. Il avait insisté sur ce fait, comme s'il voulait me dire que faire cela, c'était une véritable solution. Sa mère était malade et disait toujours du mal de son père, il voulait s'en convaincre lui-même. Il m'avait dit lui en vouloir car il n'était pas du tout ce qu'elle lui avait décrit. Son père, à ses yeux, était comme un poème de Baudelaire qu'on ne comprenait pas et par conséquent que l'on n'aimait pas. Je me rappelle avoir aimé sa comparaison et lui avoir souri. Quand nos sourires se croisèrent pour la première fois, il vit mes yeux briller. Sa promesse avait à peine commencé que je me sentais déjà revivre à ses côtés.

Il était à la faculté d'économie, mais étudiait la sociologie, il m'avait confié ne pas avoir vraiment eu le choix à cause de ses notes et étant vraiment déterminé à rejoindre son père, il avait tout de même accepté ces cours. Il y apprenait tout de même des choses intéressantes.

Il s'était levé et m'avait tendu sa main. Elle était belle, ses veines étaient tendues comme si le calme qu'affichait son visage n'était qu'un voile. Ses doigts, bleutés par le vent glacial de l'hiver norvégien, étaient longs et tremblaient. Je plongeai mon regard dans le sien, sans vraiment savoir quoi attendre de sa part mais il hocha la tête en insistant, alors j'acceptai.

Je suivis cet inconnu sans vraiment savoir pourquoi. Lui-même n'avait pas l'air convaincu d'où il m'emmenait. Il ne parlait pas. Seulement, parfois, souvent à vrai dire, il jetait un regard sur moi, je le sentais. Il faisait froid et ma lampe torche éclairait de plus en plus faiblement la route devant nous. Elle allait bientôt s'éteindre.

- Après, je ne t'ai pas forcément dit que je voulais mourir ce soir.

Il ne répondit pas et au contraire rit. Je soufflai en riant à mon tour.

- Très drôle. Attends encore un peu, tu vas aimer.

Il était le silence et le calme.

Nous étions passés en une centaine de pas de la ville à un rocher. Nous rigolions à cœur joie, comme ça ne m'était pas arrivé depuis longtemps. Je n'avais pas l'habitude de venir ici et par conséquent, j'étais déjà essoufflée. Il se moquait de moi.
- Le fait que tu ne sois jamais venue là alors que tu vis ici depuis toujours me rend fou. Je suis ici depuis à peine six mois et j'y vais dès que je peux.
- Mais il n'y a rien.
- Non, c'est l'inverse. Si tu regardes bien, tu te rends compte qu'il y a tout.
- Je ne vois rien, lui dis-je en me moquant.

Ma lampe torche venait de s'éteindre. Il rigolait, encore. Il ne faisait que rire.
- C'est pas grave, tes yeux vont s'adapter, tu as les yeux bleus, c'est connu qu'ils ont tendance à mieux voir dans le noir. Et puis, on arrive, t'en fais pas.
- Génial ! Ironisai-je.
- Arrête un peu, tu vas adorer.

Et alors que j'allais répondre insolemment, il mit ses mains sur mes yeux.
- Avance.

Je pris peur quand je me rendis compte de la situation dans laquelle j'étais. Il faisait nuit, en plein mois de décembre, et je ne connaissais même pas son prénom. Je voulus lui retirer ses mains de mon visage mais alors que nous finissions d'escalader les dernières roches, il les relâcha de lui-même.
- C'est bon, on y est.

Devant nous, les étoiles, s'étant émancipées des lumières artificielles de la ville, brillaient de mille feux. Leurs éclats me donnaient presque le tournis. Les vagues au loin dans la mer semblaient si fortes qu'elles parvenaient presque à toucher celles-ci. Tout était harmonieux. Chaque couleur, chaque mouvement se trouvait à sa place. On aurait dit un tableau de Van Gogh. Comment n'avais-je pas pu connaître cela avant ? C'était magique. J'avais rarement vu quelque chose d'aussi beau. Je crois qu'une larme coulait sur ma joue. Lui non plus ne me regardait pas. Nous étions deux, séparés par deux bulles, nous imaginions chacun quelque chose, pensions à un souvenir – douloureux –, nous pleurions, encore une fois, sans savoir pourquoi.

Puis, après quelques minutes, nos yeux, éblouis par le spectacle, virent la lumière ne devenir qu'un tas de poussière dans l'air. Il avait fallu au moins une dizaine de minutes pour que nous nous remettions de nos émotions. La lumière avait parlé pour moi. Je n'avais pas eu besoin de lui expliquer toutes mes angoisses, les étincelles les avaient écrites dans le ciel.

- Je reviendrai, lui avouai-je.
- Je sais.

Il s'asseyait sur le bord du rocher en m'invitant à faire de même. Nous avions parlé longtemps : de la mort de mon père, des livres, de nos bières favorites, d'une équipe de rugby qu'il supportait à Londres, de tout. Il devait être deux, peut-être trois heures du matin quand il se leva brusquement.

- Allez, on va être en retard.

- En retard pour quoi ? Il est trois heures seulement.
- Tu verras, allez, on redescend vers la ville.

Avant même que j'eus le temps de riposter, il était déjà parti devant et je pouvais seulement apercevoir sa silhouette et ses vêtements noirs au loin. Je lui criai d'attendre et il me répondit, avec la même puissance, de courir le rejoindre.
- Mais tu veux me tuer ?!
- Au contraire, je veux te faire sentir vivante.

Je souriais encore. Il était complètement fou, mais sa folie était belle.

Je le rejoignis à bout de souffle sans savoir où il m'emmenait. Mon insouciance me rendait heureuse. Je voulais continuer à vivre ainsi pour toujours. Ma dépression n'était plus qu'une poussière dans un amas de galaxies. Je voulais rire, pleurer, courir, crier. Je voulais ressentir tout ce que je n'avais pas réussi à ressentir pendant ces deux dernières années.

La ville était tout aussi sombre que quand nous l'avions quittée. Bergen était encore plus belle de nuit, quand la lune et les étoiles se reflétaient sur la mer et le vent dessinait des ombres sur les maisons du port. On se croyait dans un dessin animé, un rêve. La plupart des gens qui n'étaient jamais venus ici ne pouvaient pas se rendre compte de la magie norvégienne mais moi, vivant ici depuis toujours, moi, j'avais remarqué sa beauté, sa pureté, seulement cette nuit-là. Je m'arrêtai alors tout d'un coup après une longue course et regardais la vue devant moi. Je pouvais voir d'un côté les montagnes saupoudrées de neige et d'un autre

la mer impassible aux coups de vent qu'elle subissait. L'homme était un peu plus loin devant moi et alors qu'il comprit qu'il parlait dans le vide ; il se retourna.
- Que fais-tu ?
- Le paysage est différent. C'est étrange.
- C'est plus beau ?
- C'est parfait. C'est harmonieux.
- Plus tu le regarderas, plus il le sera. Tout est une question de point de vue.

J'avais compris dès le début de notre histoire qu'il aimait faire ce genre de phrases trop justes pour être comprises. Il n'aimait pas s'expliquer, il pensait sans doute que je comprenais tout ce qu'il sous-entendait. Je lui souris avant de courir le rejoindre.

Quand nous arrivâmes en ville, cette fois encore, je ne compris pas bien quel était son objectif. Je le regardai en souriant bêtement voyant son air fier. Il n'y avait rien autour de nous. Nous étions sur une grande place, sans doute vivante quand le soleil brillait, mais à cette heure-là, les rideaux des fenêtres étaient fermés, les restaurants clos et aucun passant ne se manifestait. C'était mort. Je pris alors peur, et s'il m'emmenait ici pour me tuer ? C'est certain. Voilà, j'aurais dû écouter ma mère : ne jamais faire confiance aux inconnus. Mais quelle idiote, je pensais, un jeu de lumières et de belles métaphores, tout ça pour me charmer, mais quelle idiote !
- Arrête de penser ça, m'interrompit-il dans mes pensées brusquement.
- Pardon ?

- Tu étais en train de te dire que j'allais te faire du mal, je me trompe ?
- Mais, enfin, tu es un inconnu, nous sommes au bout milieu de la nuit, nulle part. C'est complètement légitime de penser ça.
- Légitime évidemment, utile non.

J'étais presque vexée par son ton moqueur. Ma peur, bien qu'elle paraisse ridicule, était justifiée. Je me sentais bête alors que je n'avais pas de raison de l'être.
- Je m'excuse, je n'aurais pas dû prendre cet air. Je ne ferai jamais de mal à une femme. Je ne veux pas que tu en doutes.

Au lieu de lui répondre sarcastiquement comme j'avais l'habitude de le faire, j'avais préféré le fixer sans rien lui dire.
- Bon, allons danser.
- Où ça ? Ici ?
- J'en ai envie depuis longtemps...rock, swing et même la valse tiens !

Il ne répondit pas à ma question, il délirait complètement. Je le suivis. Encore.

Alors que nous arrivions devant une vieille porte en bois, je pris peur à nouveau. Je n'arrivais pas à m'enlever cette arrière-pensée. Il ne prit pas le temps de me rassurer et attrapa le heurtoir et le frappa trois fois. Quelques secondes après, on venait nous ouvrir. C'était un grand homme à la barbe épaisse et grise. J'entendis au fond des basses, de la musique très forte.

Des jets de lumières apparaissaient puis disparaissaient constamment.

- Tadam ! Mademoiselle, bienvenue au meilleur Irish Bar Norvégien que tu puisses trouver. Bières, danses, musiques : la clé du bonheur !

Je rigolais, il voulait me vendre le bar ou bien m'inviter à danser ? Et avant même qu'il ne me propose de rentrer, je lui pris son coude et y passai mon bras à l'intérieur : nous allions sur la piste de danse.

Je ne m'attendais pas à tomber sur un bar aussi mystérieux. Nous avions dû descendre un escalier et ouvrir une grille suivie d'une autre porte pour y arriver. Là-bas, il y avait une cinquantaine de gens entassés à boire et danser. Tous riaient, dansaient, s'embrassaient. Tous ces gens avaient un travail sans doute, mais tous paraissaient si libres, comme s'ils venaient ici chaque soir. Cette caverne était un secret à elle seule, elle abritait les mystères de Bergen. Une fois la porte passée, chacun avait le droit à une chance : imaginer, inventer une personnalité pour le reste de la nuit. Être *cette* personne qui fait rêver chacun d'entre nous, celle qu'il est impossible d'être le jour. Je n'avais plus peur, je réfléchissais, qui puis-je être ? Qui veux-je être ? Cette fille triste, sans vie, qui peine à vivre ou alors cette enfant au sourire, cette fille que l'on croise dans la rue qui nous redonne le sourire, cette femme que l'on voit de l'autre côté du trottoir, que l'on admire…C'était peut-être ici que ma promesse, faite à cet inconnu, allait aboutir. Peut-être que c'est ici que je serai heureuse, que je sentirai mon ventre se tordre de douleur tant je rirai.

Alors, même si le lieu semblait légèrement être le lieu de rendez-vous des débauchés, l'ambiance et l'atmosphère me plurent. Ce bar transpirait la liberté et la joie. Après tout, il était peut-être le lieu de rendez-vous des gens heureux.

La musique changea quand nous finîmes de boire notre première Guinness. Nous passions du jazz au rock et mon inconnu me regardait avec excitation. Il s'excusa auprès du barman en promettant de revenir aussitôt la musique finie puis prit ma main dans la sienne. Ses cheveux blonds tombaient sur son front, ombrageant son regard. Il me regardait, les yeux pétillants, le sourire aux lèvres, ses joues rosies. Je ne sais pas vraiment quel âge il avait, peut-être, vingt, vingt-cinq, mais il était beau, très beau.

- Tu connais Bill Haley ?
- Qui ? Criai-je car la musique était trop forte pour l'entendre.
- ROCK AROUND THE CLOCK !

Je mimais un non de la tête de désespoir.

- Arggg, ce n'est pas possible. Tout est vraiment à refaire ! Finit-il en m'entraînant danser vers la piste.

J'explosai de rire et me laissai entraîner par son énergie. Il me faisait tourner, sauter, changer de côté puis retourner et enfin passait nos bras dessus dessous pour recommencer encore une fois. On aurait cru qu'il avait fait cela toute sa vie, qu'il avait attendu ce moment-là toute la soirée. Il connaissait les paroles par cœur et ma nuque se courbait en arrière tant je riais.

À la fin de la musique, je lui disais que j'allais enlever mon pull, je mourrais de chaud. Je n'avais pas l'habitude de faire autant de sport. C'était éprouvant de se sentir si vive. J'eus à peine le temps de remettre mes cheveux en place qu'un piper[3] et un violoniste rejoignirent le groupe déjà en place. Ils attirèrent mon attention. Je regardai le garçon qui se moquait de moi en plissant les yeux.

- Welcome to Ireland ! Crièrent le groupe en cœur.

L'homme à mes côtés répéta bêtement la même phrase en criant et levant son verre d'une main et mon bras de l'autre. Les autres gens autour de nous applaudirent. J'explosai de rire à nouveau, l'alcool dans mes veines en était sans doute un peu la cause, mais la scène était à se tordre de rire. Jamais je n'aurais cru qu'il était ainsi par la façon dont il m'avait abordé. Sa folie était contagieuse.

Aucun de nous à vrai dire ne savait danser les danses irlandaises, nous étions ridicules, nous sautions. Nous ressemblions plus à des moutons heureux qu'à des Irlandais ! Enfin, la plupart des gens étaient partis alors cela n'avait pas grand intérêt et puis cet endroit – aussi magique soit-il – avait l'air d'être connu que par très peu d'adolescents universitaires, il avait un côté secret qui me plaisait.

---

3   Appellation irlandaise pour un joueur de cornemuse.

Il devait être cinq heures du matin quand nous sortîmes du bar. Ces musiques m'avaient fait voyager : passant de New-York à Manchester puis de Paris à Dublin, je crus un instant avoir fait le tour du monde. Nous continuâmes à marcher l'un à côté de l'autre. Les premiers passants faisaient leur apparition, les plus courageux, pour aller travailler ou pratiquer leur sport matinal. Il se moquait de mes pas alors j'en faisais de même. C'était pur.

Il remit son pull pour ne pas abuser du temps frais de la nuit. Quand il souleva ses bras afin de l'enfiler, il laissa apparaître un tatouage. Il était écrit sous son bras *Carpe Diem*[4].
- Carpe Diem…lançai-je.
Il s'arrêta net en me souriant puis ajouta :
- « Cueille le jour présent. »
- Sans se soucier du lendemain…
- Une véritable adepte, me nargua-t-il.

Nous savions que notre nuit allait bientôt prendre fin, pourtant, j'aurais aimé que cette nuit dure pour toujours. Il me proposa une dernière chose à faire : retourner sur le ponton. J'acceptai.

Quand nous arrivâmes là-bas, il faisait encore nuit, le soleil à Bergen se levait tard au mois de décembre, mais la nuit n'était plus aussi sombre qu'avant. Nous

---

4 Carpe diem est issu du recueil de poèmes Odes de Horace, poète latin ayant vécu de 65 à l'an 8 avant Jésus-Christ. Dans ce poème, Horace s'adresse à une femme, Leuconoé et lui fait des recommandations, notamment sur la manière d'appréhender la vie.

nous assîmes sur le bord, dans la même position qu'à notre rencontre, mais cette fois, ce n'était pas des larmes de tristesse et de peur qui coulaient sur mes joues, c'étaient des larmes de joie, de bonheur. Des larmes d'une personne qui se sentait bien, réellement bien. Je ne connaissais pas son nom, ni son âge, ni même qui il était réellement, mais bizarrement, il ne me semblait pas étranger.
- Tu n'as pas fumé.

Il avait raison. J'avais complètement oublié. Je souris.
- Tu vois, c'est une preuve que tu n'as pas besoin de cette merde pour te sentir bien. Tu as juste à penser à autre chose. La drogue, c'est quelque chose à laquelle on est addict, tu peux être addict à un truc bien : l'amour, la joie, le sport...tu vois ?
- L'amour, bien ?
- Oui, l'amour, bien. Le sain. J'ai envie d'y croire du moins. Ça peut être de l'amitié, pas forcément l'amour comme la société nous le fait entendre.
- Sur le fond, je suis d'accord.
- Bien sûr, ce n'était pas de la morale, je ne la fais jamais.

Le silence s'installa comme au début, mais cette fois, je n'avais plus peur, je n'attendais que demain pour refaire pareil. Il me regardait, comme s'il attendait quelque chose de moi.
- Merci.
- Pour quoi ?

- Pour tout. Ça faisait des années que je ne m'étais sentie aussi bien, je ne sais pas qui tu es, mais merci.
- Content de t'avoir aidée à tenir ta promesse, dit-il sans conviction.

Je ne comprenais pas, était-ce l'alcool qui redescendait qui le rendait si froid ou bien cette nuit était insignifiante à son égard ? Après tout, peut-être qu'il rencontrait chaque nuit une nouvelle personne et lui enseignait la vie non ?
- Arrête de penser ça. C'est faux.
- Mais ? Dis-je en riant, tu lis dans mes pensées ? Là, tu me fais peur.

Il rit à son tour sans répondre.
- Je n'avais encore jamais rencontré une fille comme toi. Tu penses peut-être être le givre, mais sache que moi, et tous les gens que nous avons rencontrés cette nuit, ont vu une fille brûlante de chaleur. Tu as ensoleillé la nuit la plus longue de l'année. Je ne répondais pas, ses mots me touchaient. Et si je suis froid maintenant, c'est parce que je sais que malgré tout, cette nuit n'est pas réelle, que demain matin, quand le soleil apparaîtra dans le ciel, tu seras de nouveau cette fille triste et craintive de vivre, et que moi, je serai ce garçon vagabond et hors des normes.
- Je te promets que non. À partir de maintenant, j'essaierai chaque jour d'être plus heureuse que le dernier, pour toi. Pour nous.
- Tu as intérêt à tenir cette promesse, m'ordonnait-il en me tapant l'épaule, me faisant basculer et presque tomber dans l'eau.

Il me rattrapa par la taille en s'excusant mille fois. Il était mort de rire. Moi aussi. L'eau était gelée à cette époque-là de l'année, tomber aurait été une catastrophe. J'aurais attrapé froid instantanément. Nous étions en fou rire.

Il était six heures quand il me confia qu'il devait rentrer chez lui, si son père se réveillait, il allait s'inquiéter. Je pensais que moi aussi, ma mère m'en voudrait encore plus de me voir rentrer, à moitié alcoolisée au petit matin. Il se leva et me tendit sa main pour faire de même. Je le regardai et l'acceptai. Je ne sais pourquoi, c'était sans doute une simple pulsion risible d'adolescente après avoir vécu une nuit de folie avec un garçon inconnu, mais quitte à ne plus le revoir, je voulus l'embrasser. Nos regards étaient figés, aucun de nous deux ne comprenait réellement ce qu'il se passait, comme si aucun de nous n'était maître de nos corps, de nos désirs. Je n'osai pas lui demander. J'avais peur de gâcher notre si belle amitié qui s'était créée en une nuit, en quelques heures.

- Bon, si tu ne le fais pas, je le fais, avoua-t-il soudainement, me faisant sortir de mes pensées.

- Idiot, ris-je avant de me lancer vers ses lèvres.

Il mit une de ses mains autour de ma nuque et entoura l'autre autour de ma taille me resserrant vers lui. Notre baiser était tout aussi intense que les dernières heures passées ensemble. Je voulais qu'il ne s'arrête jamais. Il détachait doucement ses lèvres des miennes pour me regarder et remit mes cheveux en place derrière mes oreilles. Il riait en voyant mes joues rosies.

Ses yeux bleus étaient parfaitement éclairés par le lampadaire du ponton, assez pour y percevoir un mélange d'océans et de tempêtes. J'y pouvais voir de la haine, de la colère, un sentiment que je n'avais pas imaginé chez lui. Je les regardai, mes désirs ne faisaient que s'accroître.
- Tu veux aller chez moi ? On a encore une heure... enfin, on n'est pas obligés, ça peut paraître sauvage, c'est si tu veux et puis...
- Oui.

Il rit. Nous nous embrassions une derrière fois et prîmes des vélos accessibles à tous sur le bord de la route. Cette nuit m'achevait définitivement.

Quand nous arrivâmes chez lui, je n'avais pas vraiment pris le temps de regarder sa maison. Nous allâmes dans sa chambre en essayant de ne pas faire de bruit. C'était intense mais drôle.

Je culpabilisais un instant, je ne connaissais même pas son prénom, qu'étais-je en train de faire ?
- Tu es sûre de vouloir continuer ? Me demandait-il en voyant mon regard perdu.
- Oui, pardon, l'embrassais-je encore plus fortement alors qu'il me priait de ne pas m'excuser et de l'arrêter si je n'en avais plus envie. Nous étions couchés sur son lit, il ramenait la couette vers nous, car il n'y avait pas de chauffage et il faisait froid.

Tous les deux avions atteint l'acmé de nos sensations au même moment. Je n'avais pas ressenti de honte ou culpabilisé d'avoir fait l'amour avec un étranger contrairement à ce que j'aurais prédit. Il avait été si

doux que je ne pouvais penser autre chose. Nous restâmes seulement dix minutes dans le lit, ma tête posée sur son torse, avant de nous faire rattraper par la réalité.
- Encore une fois, je le regrette, mais il va falloir y aller.
- Bien sûr, j'y vais, lui répondis-je perturbée. J'aurais pu rester ici longtemps encore, j'avais pris l'habitude de ne pas aller en cours, mais je ne voulais pas qu'il prenne cette habitude à cause de moi.
- Hé, m'interrompit-il en attrapant mon bras. Il plongea son regard dans le mien alors que je me levai pour me rhabiller. Ne me parle pas comme si j'étais un parfait inconnu.
- Mais, ris-je, en voulant lui dire qu'il l'était.
- Mais rien. Je te raccompagne chez toi, il fait encore nuit.

Je lui souris, il ne regrettait pas non plus. N'importe quel garçon m'aurait laissé partir en étant fier du trophée qu'il avait reçu après avoir travaillé toute la nuit pour l'avoir, mais lui non.

Sur la route du retour, nous ne parlions pas beaucoup. Nous étions tous deux nostalgiques d'une nuit qui ne s'était pas encore achevée. Je ne sais pas pourquoi nous agissions comme si nous ne pouvions pas nous revoir. Après tout, nous vivions à quelques pas l'un de l'autre. Quand nous arrivâmes à l'autre bout de ma rue, les premiers lampadaires s'allumaient, il me salua. Je traversai au milieu de la rue à peine éclairée et lui criai :

- Tu pourrais me dire ton nom au moins !
- Henry. Henry Atkinson !

Ce fut la dernière chose que je retins. Une voiture me percuta alors que j'étais en plein milieu de la route. Un homme noir, cagoulé, en sortit pour m'abattre. Des coups et encore des coups. J'allais tout droit vers la mort. Je ne voyais que son regard. Henry avait à peine eu le temps d'accourir que j'étais inconsciente, prête à me rendre.

Pourtant, c'était si rare d'avoir un début de journée ensoleillé à Bergen, mais ce jour-là fut l'un des plus sombres qu'il connut.

Henry

4

Je l'avais connue un dix-sept décembre. Jamais je n'avais connu une fille au visage si expressif. C'est pour cela que j'arrivais toujours à lire ce qu'elle pensait. Elle mentait très mal.

Elle ne le savait pas, mais moi aussi, je venais de passer la plus belle soirée de ma vie. Je ne sais pas ce qui m'avait pris, jamais je n'avais abordé une inconnue de cette façon et encore moins fait faire une promesse aussi importante. Je ne comptais d'ailleurs pas le faire, mais quand je l'avais vu pleurer, ce soir-là, je me suis dit que c'était mon rôle, je crus que Dieu m'avait envoyé vers elle, pour tenter de la sauver. Son regard, qui s'était implanté dans le mien m'avait bouleversé, elle était pleine de douleur, comme moi.

Plus la soirée avançait, plus je rêvais de l'embrasser, de lui dire que j'étais en train de tomber fou amoureux. Mais ne voulant pas la faire fuir, j'avais préféré attendre qu'elle le fasse elle-même. J'ai cru rêver quand elle avait posé ses lèvres sur les miennes.

Elle ne dansait pas si mal, je me moquais, certes, mais elle avait une énergie unique. Elle ressemblait à ma mère. J'avais essayé de ne montrer aucune émotion, mais, moi aussi, je mourrais de peur en l'approchant, moi aussi, j'étais à bout de souffle quand nous montions les rochers, moi aussi, je mourrais de chaud sur la piste de danse, moi aussi, j'avais besoin d'être sauvé. Sans le savoir, elle avait réussi.

Après lui avoir dit mon nom, j'eus l'espoir de la revoir. J'ai pensé que ce n'était peut-être pas une simple fille que je rencontrais une nuit. Mais, en voyant ce type s'approcher en voiture, je compris. Le destin le voulait autrement. Je devais la sauver, mais une nuit seulement m'était offerte, ni plus, ni moins. Après tout, elle ressemblait à la nuit. Ses cheveux étaient d'un noir abyssal et ses yeux couleur émeraude, sa peau claire ressemblait à la Lune et puis ses lèvres à la planète Mars. Je n'eus pas le temps de me jeter sur cet homme qu'elle était déjà à terre. J'avais tourné ma tête vers lui, et mon cœur s'était arrêté net, c'était lui. June. Évidemment.
Alors, ne sachant que faire après sa fuite, je me résolus à la solution la plus lâche. J'en meurs de honte rien qu'en l'écrivant aujourd'hui.

J'arrivai devant sa porte, prêt à sonner en la portant dans mes bras, j'entendais à peine son souffle que le mien s'accélérait. Je sonnai. Sa mère avait accouru, morte d'inquiétude. À sa tête, elle n'avait pas dû fermer l'œil de la nuit. Elle vit sa fille, en sang, dans mes bras. Elle mit sa main sur sa bouche et des larmes montèrent à ses yeux.
- Je l'ai trouvée au milieu de la route, une voiture l'a percutée.

Elle ne répondit pas, ne dit rien, ne sut pas quoi faire. Moi non plus à vrai dire.

- Einar ! Einar ! Cria-t-elle de toutes ses forces. Einar, je t'en supplie, fais quelque chose, fais quelque chose.
Il avait accouru mort de peur, attendant les cris de sa femme. Il ne prit pas le temps de poser un regard sur elle, il me la prit des bras et l'emmena dans la voiture.
- Chérie, écoute-moi, prends ta voiture et tes calmants pour nous rejoindre. Je vais vite l'amener à l'hôpital. Si elle arrive à temps, Dalia survivra, je te le jure, promit-il à sa femme en la regardant.

Elle s'appelait donc Dalia, c'était le nom d'une fleur. Je n'avais pas eu le temps de lui demander son prénom en retour. Je le regrettais de ne pas avoir pu l'entendre le dire à sa façon. Quoiqu'en y repensant, elle aurait fait une blague, elle en aurait inventé un autre.
Einar, qui j'en déduis était le beau-père dont elle m'avait parlé, avait l'air de l'aimer contrairement à ce qu'elle m'avait dit. Elle ne devait pas s'en rendre compte. En réalité, je pense qu'elle ne se rendait compte de rien, elle pensait sans doute que personne ne pouvait l'aimer. Si seulement elle savait à quel point c'était simple pourtant.

Sa mère retourna dans la maison toujours en pleurs, et, alors que je m'apprêtais à partir, elle me regarda par la fenêtre. Elle devait se dire que ça irait, que j'y penserais deux jours – peut-être trois si j'étais bon – à son accident. Mais c'était faux. Elle ne savait pas qu'à ce moment-là, mon cœur battait aussi fort que le sien, que mes jambes tremblaient comme les siennes, que moi aussi, je venais de la perdre. De tout perdre.

5

Je vous dois donc de vous raconter mon histoire, ma vraie histoire, pour donner un sens à cet accident.
C'était il y a cinq ans, à Londres, ma mère était gravement malade. On lui avait diagnostiqué un grave problème cardiaque, il lui fallait trouver une greffe, sinon elle mourrait. Inutile de vous le cacher, nous avons échoué. Ma mère est morte un dix janvier. Je ne me rappelle pas avoir pleuré en apprenant sa mort, je m'y attendais. Cela faisait des mois que je me préparais à attendre cette phrase « Monsieur Atkinson, nous sommes sincèrement désolés, mais l'opération n'a pas marché ». C'est bête, le pourcentage de chance que l'on m'avait indiqué était pourtant élevé, quatre-vingt-cinq pour cent de chances de réussite, pourquoi avait-il fallu qu'elle tombe dans les quinze pour cent restants ? Je me posais cette question chaque matin. Parfois, je me disais que c'était Dieu qui l'avait choisi, que c'était mieux ainsi et d'autres jours, quand j'étais d'humeur révoltée, je décidais que le monde avait seulement été injuste, encore une fois.

J'ai l'air d'être insignifiant en décrivant sa mort aujourd'hui, mais je ne l'ai pas toujours été. Le soir même où ma mère m'avait annoncé sa maladie, j'avais seize ans. Je me rappelle lui avoir dit :

- Je ferai tout. Tout pour que tu ne sois pas seule. Nous combattrons cette saleté ensemble maman, on trouvera quelqu'un.

Elle m'avait fait promettre de ne pas trop m'inquiéter. Drôle de façon de montrer qu'elle tenait à moi. Alors, pour lui faire plaisir, je l'avais embrassée sur la tempe et j'avais fait semblant d'aller me coucher. Dans mon lit, je n'arrivais pas à fermer l'œil. Je me demandais pourquoi Dieu l'avait choisie elle et pas une autre. Quelqu'un de plus mauvais, quelqu'un qui – si le dire est moral – méritait plus qu'elle d'avoir cela. Le prêtre m'avait répondu deux choses. La première était que personne n'était réellement innocent. Tout le monde est coupable. La deuxième était que parfois, Dieu imposait des obstacles dans la vie qu'il fallait surmonter ou du moins essayer de surmonter. Il observait. Rien n'était un hasard. J'avais donc fini par accepter après l'avoir contredit vingt et une fois. Il m'avait juré de prier pour ma mère et moi ce soir-là, mais encore aujourd'hui, je ne sais pas s'il tint son serment.

Malgré sa mort, je n'ai pas arrêté de croire en Dieu, j'avais un rapport étrange à la religion, que certains me reprochaient parfois. J'avais été éduqué dans le protestantisme, c'était pour moi naturel et normal de croire en Dieu, je ne me voyais pas être athée. Savoir que quelqu'un maîtrisait le monde me rassurait et j'aimais avoir une image, des valeurs auxquelles me rapporter. C'était comme si j'avais trouvé en Dieu la figure paternelle manquante. Je prenais donc au sérieux le fait de l'appeler « mon Père ». Mes amis, croyants par culture, se moquaient de moi la plupart du temps, ils ne se rendaient pas compte. Enfin, je crois m'être d'autant plus rapproché de la religion après sa mort, je me sentais si seul qu'il me fallait trouver une dernière raison de vivre. C'était quelque part égoïste peut-être, mais si je devais mourir, je voulais aller au paradis, alors je m'efforçais d'être bon. Aujourd'hui, j'ai compris que ça ne marche plus comme cela. Il faut donner sans attendre des autres. C'est exactement ce que j'avais fait cette nuit-là avec elle, cela m'avait paru si facile, si naturel. J'avais même oublié la raison pour laquelle j'étais avec elle.

Alors qu'il était à peine vingt-deux heures, mon sommeil ne s'était toujours pas alourdi, je décidai d'aller faire un tour à Westminster, un quartier de Londres connu pour ses délinquances. Je sais, c'est complètement opposé à ce que je viens de dire au nom de la religion, mais mon désir d'aider ma mère, et moi-même par la même occasion, m'était incontrôlable.

Les nuits à Londres étaient rudes. J'enfilai un pull-over troué. Je pris mon vélo et me lançai en direction du pont de Londres. Là-bas, je sentais le vent froid sur ma peau et mes poils se hérissaient. Je ne comprenais pas bien ce que j'étais en train de faire, j'avais l'impression d'être complètement hors de moi-même, je ne maîtrisais rien. Cela venait sans doute d'une peur, d'une peur d'être seul. Ici, je n'avais personne, je ne pouvais pas la perdre.

J'arrivai sous un pont. Les lampadaires de la ville l'éclairaient et je pouvais voir mon ombre sur le mur.

Le silence régnait, je ne pouvais qu'entendre les bruits d'un motard lointain qui tentait désespérément de démarrer. Je sentais des gouttes de sueur couler sur ma nuque. Cela vous paraît sans doute ridicule maintenant, mais j'avais seulement seize ans et ma mère m'avait toujours protégé, jamais je n'étais sorti la nuit, seul, dans ce genre d'endroit. J'avais l'impression d'être en danger. Et en quelque sorte, j'avais raison.

Alors que je m'apprêtais à partir ne trouvant rien ni personne pour m'aider, j'entendis une voix. C'était un homme, une lampe torche à la main, tatoué sur le visage, un pantalon noir large et une veste en cuir à laquelle étaient collés des stickers. Sur un, il y avait écrit *anarchy*. Je compris à quel genre d'homme j'avais affaire.

- Tu fais quoi à cette heure dans la rue gamin ?

Je sentais maintenant mon cœur battre. Dans quoi m'étais-je engagé ?

- Tu sais, tu as de la chance d'être tombé sur moi. Moi, je suis le gentil dans l'histoire, mais ici, tu peux vraiment tomber sur des enculés.

- Oui, je sais.

Je pris une respiration et décidai de lui expliquer. Après tout, c'était tout ou rien, au pire, il me tuerait, au mieux il connaissait quelqu'un pour m'aider. Jamais à l'époque nous aurions eu de greffe, les listes d'attente étaient si longues que ma mère aurait été morte avant même d'être inscrite sur celles-ci. L'État et les hôpitaux avaient même inventé une liste d'attente de la liste d'attente, c'en était devenu ridicule.

- J'ai besoin de trouver quelqu'un qui vend des trucs, c'est tout.
- Quel genre de trucs ?
- Des organes.

Il explosait de rire. Un rire machiavélique.
- Je ne rigole pas.
- Mais tu as quel âge ? Continuait-il en se moquant.
- C'est urgent.

Il se tut. Il avait l'air de réfléchir. Deux minutes après, il décida de nouveau de rompre notre silence.
- Pour quand ?
- Dès que possible.
- Pour quoi ?

J'hésitai.
- Le cœur.
- Putain t'as pas choisi le plus facile !
- J'ai pas choisi.
- C'est pour toi ?

Il était intrusif.
- Non.
- Tu sais ce que cela implique, si tu veux un cœur rapidement, il faudra forcément que quelqu'un…
- Je sais, le coupai-je avant qu'il ne finisse sa phrase.
- Très bien. Reviens dans trois jours, au même endroit, à la même heure.

Je ne répondis pas. Devais-je accepter ? Avais-je encore le temps de refuser ?
- Compris ? Demandait-il en s'approchant. Compris ? Insistait-il, je pouvais sentir son haleine d'ici. C'était terrible, je voulais disparaître.

- Compris.
- Tu me ramènes cent-dix-neuf-mille balles, je te laisse trois mois. Si je coule, tu coules avec moi.

Je ne lui répondis pas, effrayé par la somme que je venais d'entendre. Cent mille, cent mille... vous vous rendez compte ce que cela représente ? Jamais je n'aurai tout ça. C'est impossible. Je venais de signer mon arrêt de mort. Je me sentais stupide.
- Putain ! Merde ! Criais-je de rage en lançant un gravier dans la Tamise. Je voulais pleurer. De colère. De honte. De peur.

J'étais de nouveau seul, au beau milieu de nulle part, les rues étaient vides, les roues de mon vélo prêtent à crever, ma tête à exploser. J'étais prêt à me jeter du haut du pont. Après tout, c'était quoi ? Quinze ? Vingt mètres peut-être ? Je me demandais s'il valait mieux mourir par balle ou d'un suicide. Puis, je me fis la réflexion : Henry, si tu veux mourir, fait-le au moins après avoir récupéré le cœur. Je descendis donc du rebord du pont, conscient de l'absurdité de mon mouvement, et montai sur mon vélo. Quand je rentrai chez moi, je pris un verre d'eau et allai me coucher. Je m'endormis.

Il s'était passé trois jours. Je voyais l'état de ma mère se détériorer à chaque repas. Elle s'inquiétait.
- Et si je ne trouvais personne ? Et si personne ne s'occupait de toi quand je mourrais ?
- Ne pense pas à moi maman, je me débrouillerai.

C'était la seule chose que j'avais réussi à lui répondre. Pourtant, n'importe quel enfant aurait répondu qu'il l'aimait, qu'elle ne mourrait pas, que si, elle trouverait forcément un donneur, même que lui était prêt à se sacrifier, mais moi non. Moi, j'avais préféré lui dire que quand elle serait enterrée six pieds sous terre, j'irai toujours à l'école et mangerai des légumes chaque jour. Malgré cela, et s'en était risible, ma mère m'avait remercié en souriant. Je l'avais embrassée en lui souhaitant une bonne nuit et était parti sans rien dire. Comme les deux dernières soirées. Encore rien n'avait réellement changé pour nous, mais tout était déjà si différent.

Autrefois, nous avions l'habitude de rire, de jouer aux cartes ou aux échecs, puis je lui demandais de me parler de notre famille. Maintenant, nous dînions, elle me faisait part de ses inquiétudes, je lui mentais pour la rassurer et enfin nous nous séparions tout deux sachant qu'aucun de nous deux ne survivrait. D'une façon ou d'une autre, nous allions tous mourir.

J'étais à nouveau sous le pont de Londres. Même heure, même peur. Après une heure à attendre dans le froid, je crus bien qu'il ne viendrait pas, qu'il s'était moqué de moi, mais soudain, j'entendis le bruit du moteur, c'était lui. Il s'approchait, son regard planté dans le sol. Je crois qu'entre temps, il s'était tatoué l'œil droit au niveau de la rétine.
- Salut gamin.
- Bonjour.

- Bonjour ! Ah ! Ah ! Il explosait de rire. Encore. Mais tu crois qu'on est à l'épicerie du coin ou quoi ?
- Pardon.
- Oh mais détends-toi, je rigole, me disait-il en me donnant une tape derrière la tête.
- Tu as ce que j'ai demandé ?
- Évidemment. Personne ne me ferait confiance si j'étais un menteur. N'oublie pas gamin, la confiance, c'est la clé. Si tu la perds, tu perds tout le monde.
- Comment est-ce que ça marche ? Changeai-je de sujet.
- Je t'ai apporté un papier. Tu le signes, je le signe. On a un type à l'hôpital St Thomas, il travaille pour nous. On a tué une femme, il a mis son cœur au congélo.

Il avait dit tout cela en rigolant, comme s'il en avait l'habitude, comme s'il avait perdu toute son humanité. Cette femme était peut-être mère d'un autre enfant non ? Pourquoi mériterait-elle davantage de mourir que la mienne après tout ?

- Pour greffer un cœur, est-ce qu'il y a besoin que la personne à qui on le prend soit en parfaite santé ? Demandai-je soucieusement.
- Pas forcément, mais si tu veux que cette greffe serve à quelque chose, c'est mieux oui. Sinon, un marathon et tu peux être sûr qu'elle ne dépasse pas la ligne d'arrivée ! Explosa-t-il de rire.
- D'accord.
- Si ta question c'est de savoir si on a tué une femme innocente, la réponse c'est non, se reprit-il plus sérieu-

sement. Pas cette fois, ça arrive, mais t'as eu de la chance. T'as pas à avoir sa mort sur la conscience.
- Je l'aurai dans tous les cas et tu le sais.

Il s'arrêta de parler et releva sa tête afin de plonger ses iris dans les miens. Il m'effrayait.
- Me dis pas que tu commences à regretter hein ! J'ai pas l'habitude de faire confiance à des mioches comme toi alors t'as pas intérêt à me faire couler. Rappelle-toi de ce que je t'ai dit. C'était pas du bluff, jamais avec moi.
- Je ne regrette pas.
- Bien, se calma-t-il en relâchant ses poings de ma veste. Maintenant, tu vas m'écouter, tu signes ce papier, je préviens notre médecin qu'il peut opérer ta gentille maman et tu reviens dès que l'opération est faite avec l'argent. Compris ?
- Compris.

Je signai, il me tailla le doigt pour y mettre une goutte de mon sang, et partit.

6

Deux mois s'étaient écoulés. L'opération venait de se terminer. Selon les médecins, tout s'était bien passé mais ça ne suffisait pas à ce qu'elle revive comme avant. Je ne comprenais pas, on ne me l'avait pas dit ça. Ils m'avaient expliqué qu'après l'opération, il y avait des chances, minimes mais existantes, que son corps ne supporte pas la greffe attribuée et qu'elle décède d'une crise cardiaque. Ils lui avaient donné un traitement et lui avait conseillé de boire de l'eau avant de dormir. L'eau aidait à baisser la tension artérielle.

Une semaine après l'opération, ma mère était morte. Je l'avais découverte dans son lit, les yeux fermés, un de ses bras sous sa nuque, l'autre sous sa cuisse. Elle avait l'air de ne pas avoir souffert. Je restai près d'elle une heure environ. Je ne savais pas quoi lui dire, je la regardais seulement. Elle était belle. Je crois que je ne m'étais jamais réellement fait cette réflexion. Ses cheveux étaient blond neige, ses cils presque transparents et sa peau était encore plus blanche que d'habitude. Elle avait presque l'air vivante. J'aurais aimé voir ses yeux, mais les ouvrir de mes propres mains était sans doute un peu trop glauque pour que je le fasse.

Je me relevai de la moquette et appelai Stan, l'homme qui m'avait fourni son cœur.
- Où ? Me demandait-il.
- Chez moi.
- Roh...quand ?
- Maintenant.
- J'arrive.
Quelques minutes après, j'entendis sonner. C'était lui.
- Alors, tu m'invites à boire un thé maintenant, on est devenus meilleurs potes ou quoi ! Tenta-t-il pour détendre l'atmosphère.
- Je ne rigole pas Stan, je suis très sérieux.
- Ah ! Ah ! Il avait toujours son rire aussi terrible. Mais tu crois que je rigole moi ? Tu dois me donner le reste

de l'argent dans exactement quarante-huit heures et j'ai à peine vingt mille balles. J'espère que t'as gagné le gros lot mon p'tit, sinon je peux aussi être sérieux et jouer à un autre jeu. Je voulus le couper mais il renchérit. Tu sais, hier, j'ai rencontré un mec, un peu comme toi à vrai dire, bonne mine, assez craintif, il veut un rein. Toi, tu m'as l'air d'en avoir deux supers, alors fais gaffe.
- Ouais, c'est ça ! J'espère que son opération à lui marchera au moins.
- Pourquoi tu dis ça ?
- Je te laisse découvrir par toi-même.
Je l'entraînai vers la chambre. Il ouvrit grand les yeux.
- Arrête de faire l'étonné, on dirait que t'en n'as jamais vu un de ta vie.
- Bon, ça arrive. Dommage que ce soit tombé sur toi. Des types moins bien que toi ont eu une très bonne expérience. Enfin, ça n'enlève pas la dette que tu as envers moi. Un marché, c'est un marché.
- Sauf que tu ne m'avais pas spécifié que le risque n'était pas de zéro !
- Mais tu te rends compte de ce que tu dis ? Le risque zéro n'existe pas, et puis, si t'étais moins naïf, tu serais allé voir sur internet. Pas besoin d'aller sur le *darkweb* pour savoir qu'une greffe de cœur est risquée.
- Mais j'en ai rien à foutre, elle est morte, je veux plus du deal.

Il s'approcha de moi et me prit par le col en rigolant.

- Non. Toi, tu n'as pas compris le jeu. Tu me rapportes ma thune demain, sinon, je viens te chercher. Maintenant que je connais ton adresse, c'est simple. Tu travailleras pour moi. Compris ?

Cette fois, je ne répondis pas, je le laissai partir. Son long manteau en cuir noir laissait passer de l'air entre ses jambes et son dos. Pour la première fois depuis le début, je compris enfin, je ne sortirai pas de là.

Comme vous l'imaginez, le lendemain, l'argent n'était pas tombé du ciel. Il avait eu la gentillesse d'attendre la tombée de la nuit pour venir sonner à ma porte. Je ne me débattis pas, il avait raison. Un accord, c'est un accord.
- Combien de temps je dois travailler pour toi pour rembourser ma dette ?
- Je ne sais pas. Ça dépend de l'efficacité de ton travail. Si tu me ramènes une rate à cent-cinquante balles alors que tu m'en dois encore cent mille, je pense que je pourrais inventer pour toi la prime vieillesse ! Rit-il fier de sa blague.
- Je ne peux pas faire une autre mission ?
- Non mais tu as cru qu'on était chez JobCenter ou quoi ? Il rit encore plus fort. Qu'est-ce que tu peux être drôle, rien que pour ça, je suis prêt à t'enlever dix-mille balles de ta dette. Bon, plus sérieusement, tu serais un putain d'égoïste si tuer quelqu'un pour toi et ta famille ne te dérange pas, mais pour quelqu'un d'autre, tu cries à l'immoralité.
- J'accepte.

- Mais tu n'avais pas le choix. Demain, dix heures, on commence tard chez nous, on n'est pas du matin.
- Où ?
- 27th St Mary at Hill.

Il repartit. J'avais l'impression que cet homme avait toujours vécu ainsi, comme s'il n'avait jamais connu la paix intérieure.

Je n'avais eu à tuer qu'une fois. C'était un homme, coupable, mais il restait un homme. Après tout, nous étions tous coupables par rapport à quelqu'un ou quelque chose. June, mon frère, commettait constamment le mal autour de lui, seulement, si je n'avais sali mes mains qu'une fois, c'était grâce à lui. Il ne se doutait pas que je le savais, mais une femme qui travaillait là-bas, m'avait dit l'avoir entendu supplier Stanislas pour prendre mes services. Le soir de mon crime, j'étais monté en haut du bâtiment, sur la terrasse, j'avais fait une crise d'angoisse. Je n'arrêtais pas de me dire que j'avais pêché, que Dieu ne me le pardonnerait jamais. Dans ma bulle, j'avais entendu une porte claquer. June. Il m'avait vu ; faible.

J'ai donc travaillé pour lui jusqu'à mes vingt ans. Six mois avant de la rencontrer, je travaillais encore pour eux. À vrai dire, officiellement, je le faisais toujours. J'avais pris la fuite. J'avais calculé mes services, le prix des organes et des contrats que je lui avais rapportés. Tout cela lui valut plus du double de ce que je lui devais au départ. Passer trois ans à travailler avec ce type m'avait endurci comme jamais, je ne faisais plus confiance à personne, on m'avait manipulé, frappé, forcé, tout. Je n'étais plus cet enfant qu'il avait rencontré. Je voulais prendre un nouveau départ, partir, me forger une nouvelle identité, oublier le sang sur mes mains, les visages dans ma tête, les bleus sur mon corps. Quitter cet enfer pour de bon. Cette fille-là m'avait donné l'impression d'avoir réussi cela.

7

La veille de mon départ, je fouillai dans les commodes de ma mère, elle devait bien y avoir laissé l'adresse de mon père quelque part. Après avoir retourné la maison de fond en comble, je trouvai une photo à moitié déchirée, il y avait un nom inscrit : Max Atkinson. Je m'empressai de composer le numéro en espérant qu'il n'est pas changé. Qui sait, peut-être qu'ils s'appelaient régulièrement ? Cela ne serait qu'un mensonge de plus.
- Oui ? Qui est-ce ?
C'était lui, sa voix ressemblait à celle que ma mère m'avait décrite.
- Papa, c'est, c'est moi. C'est...
- Henry, me coupa-t-il.
Un long et lourd silence s'immisça. Je mourrais de honte. C'était la première et unique fois que je l'appelais et c'était pour un service. Je n'avais pas le choix.
- Je peux venir te voir ?
- Mais... je... enfin, oui. Oui bien sûr.
- Merci. Envoie-moi ton adresse, j'arrive demain.

À l'aéroport, il m'attendait avec une pancarte, comme s'il avait toujours rêvé de faire cela, comme s'il l'avait dessinée il y a dix ans en attendant que ce moment arrive. Je ne pus m'empêcher de sourire en le voyant. Je ne l'avais jamais vu, ou du moins ne me rappelais pas, mais ses yeux étaient les mêmes que les miens. Je l'aurais reconnu parmi tous les hommes autour de nous, même si je n'étais pas tombé sur cette photo. Quand j'arrivai près de lui, je vis ses yeux remplis de larmes, il ne les cachait pas. Je lui souris et le pris dans mes bras.
- Bonjour papa.

Nous ne rentrions pas directement à la maison, il m'emmena prendre une glace, comme si j'étais un enfant, et me montra la ville. Bergen était une ville magique, je l'avais senti dès mon arrivée. J'étais tombé amoureux de Bergen pour son obscurité, son côté brumeux, alors que ses habitants constituaient chacun un rayon de soleil, mais peut-être qu'un jour, je détesterai Bergen pour les mêmes raisons.

Il faisait encore plus froid qu'à Londres. Je ne savais pas vraiment ce que je faisais ici, mon père non plus, il ne me demanda pas, nous profitions seulement d'un temps ensemble.

En rentrant le soir, il me demandait tout de même autour du poêle et une bière à la main pourquoi j'avais décidé du jour au lendemain de partir, en plus pour le voir lui. Il me demandait aussi combien de temps je comptais rester, en précisant que quelle que soit ma réponse, il serait heureux. J'avais décidé d'être sincère et lui avais répondu que je voulais changer de vie, que celle que j'avais ne me plaisait pas, que j'étais allé voir des photos de la Norvège sur Internet, que j'avais trouvé le pays joli et que j'avais besoin de découvrir une figure paternelle. Je rajoutai que maman était morte d'un cancer, ce qui lui fit lâcher sa bière par terre. Je lui expliquai qu'elle n'avait pas souffert. Je lui confiai qu'elle m'avait longtemps parlé de lui quand je lui demandais, mais que je voulais me faire ma propre idée. Il me demanda si elle avait été heureuse dans ses derniers instants et je lui répondis que oui alors que je n'en savais rien. Puis, il ne reposa pas plus de questions, bouleversé par l'annonce du décès brutal de la femme qu'il avait aimée. Il me souhaita une bonne nuit en m'indiquant une chambre qu'il m'avait préparée. Ce soir-là, je sus que Bergen était devenue ma nouvelle maison, celle où les doutes et les craintes ne prenaient pas place dans mes nuits.

8

Quand j'aperçus le visage de l'homme qui l'avait frappée, je compris que fuir ne servait à rien, c'était irréfléchi, encore. J'aurais pu éviter une autre connerie, une autre décision stupide, mais non, encore une fois, je n'en avais fait qu'à ma tête et cette inconnue en avait subi les conséquences.

Dès que je partis de chez ses parents, je courus vers chez moi. J'étais certain qu'il serait là, il m'attendait, je le sentais. J'aurais pu le deviner sans même voir ses traits. Ses yeux avaient suffi. Lorsque j'arrivai chez moi, il était là, il souriait.

- Alors comme ça, tu ne dis même pas au revoir à ton grand frère… j'avoue avoir été déçu, même par toi.
- June.
- Henry. Il laissait passer un silence en souriant. Bon, je me passerai des présentations.
- Pourquoi tu as fait ça ? Elle ne le méritait pas. Elle n'avait rien fait de mal. C'est moi qui suis parti, pas elle.
- C'est vrai, elle était mignonne en plus. C'était quoi son nom déjà ?
- Je ne sais pas.
- Ah ! Ah ! Putain mais ce que tu peux être drôle quand tu veux.
- Je ne rigole toujours pas. Surtout pas avec un menteur.
- Culotté. Elle sait qui tu es au moins ?
- Elle n'avait pas besoin de le savoir.
- Mais oui, c'est vrai, tu es parti pour changer, pour oublier le sang sur tes mains. Mais tu ne changeras pas qui tu es : un type qui tue.
- C'est vous qui m'avez forcé à être ce type. Je ne l'ai jamais voulu.
- Bref, j'ai pas le temps de parler de ça. Tiens, je pourrais même aller faire un coucou à papa, t'en penses

quoi ? Ça fait des années maintenant. Tu penses qu'il se souvient de moi ?
- Ne joue pas à ça.
- Oh mais je ne joue pas. C'est toi qui joue. Partir a été une grosse erreur.
- Ton existence est une erreur.
Il s'approcha de moi et me regarda dans les yeux, il souffla dedans puis prit une mèche de mes cheveux et la tourna en mimant une réflexion.
- Touché. Tu sais quoi, les repas de famille ça n'a jamais été trop mon truc, je vais partir. Sache une chose, j'ai négocié six mois de répit à Stan, j'aime tenir mes promesses moi, et je crois – dit-il en jetant un coup d'œil à sa montre – que c'est l'heure frérot.
- Mais j'en ai rien à foutre. Je suis bien ici.
- Comme tu veux. C'est toi ou tes proches. Ce matin, c'était la belle brune, demain ça sera peut-être... notre cher père ! Dieu seul sait l'avenir qu'il nous réserve !
- Tu ne peux pas faire ça June. T'en es pas capable. Tu n'es pas aussi mauvais que ce que tu veux faire croire.
- Faux et encore faux. Je suis le grand ici, ne me dis pas ce que je peux ou ne peux pas faire. En plus, lui, il n'est pas innocent.
- Pars.
- On se reverra. Je reste dans cette superbe ville, bien qu'un peu trop pluvieuse. Tant que tu ne reviens pas travailler chez nous, mon ombre hantera tes pensées.
Et il partit, exactement avec la même démarche que Stan. Ces deux types étaient méprisables. Ils détruisaient tout ce qu'ils touchaient.

Encore une fois, vous méritez une explication. Pourquoi mon frère est-il entré dans ce jeu ? D'ailleurs, avais-je un frère ?

Ma mère m'avait toujours caché l'existence de mon frère. Je l'avais rencontré par le réseau du trafic. J'avais signé avec mon nom, il avait trouvé le papier et comme lui me connaissait, il était venu me voir en souriant et m'avait salué : « Bienvenu frérot ».

Les premières heures, je pensais que c'était une blague, que c'était un surnom que l'on donnait au plus jeune, je ne le croyais pas. Il a fini par me montrer des analyses de sang, je n'avais pas d'autres choix que de le croire. Alors, je lui demandai de m'expliquer : qui il était, pourquoi il travaillait là-bas pour eux, s'il avait connu notre père, s'il pensait souvent à moi… enfin tout. Tout ce qu'elle ne m'avait pas dit. En réalité, nous étions une famille de menteurs.

Il m'avait dit être parti de la maison le jour de mes trois ans. Il en avait douze. Errant dans les rues, il avait trouvé Stan, qui l'avait recueilli et aidé comme personne ne l'avait fait. Pour cela, il lui était reconnaissant et avait accepté de devenir son esclave. Il faisait tout ce que Stan ne voulait pas faire. La diplomatie ? C'était June. La paperasse ? C'était June. L'enterrement des corps ? C'était June. Il l'avait transformé en monstre.

Voilà, c'est tout ce qu'il m'avait dit.

Malgré tout, au fond de moi, je n'arrivais pas à admettre que June était ainsi. S'il l'était, alors nous ne pouvions pas faire partie de la même famille lui et moi. Je ne voulais pas croire que toutes ces actions qu'il commettait le rendaient fier. À mes yeux, June portait un masque, une carapace, il n'était pas mauvais, il était simplement tombé dans ce que j'appelle la lassitude, l'ennui, l'ennemi premier de l'homme. J'avais espoir qu'il change, qu'il regrette, qu'il s'excuse. Je voulais y croire, et même si cet espoir me faisait mal, il me faisait vivre.

9

Les cours avaient repris. J'avais décidé de ne pas céder à ses menaces, j'étais resté à Bergen. Je connaissais mon frère et je savais que lui, contrairement à Stan, affectionnait particulièrement le bluff.

Chaque jour, je pensais à elle. Devais-je aller la voir à l'hôpital ? Après tout, c'était de ma faute si elle était là-bas. Je décidai d'y aller le jeudi soir.

Jeudi, avant mon dernier cours, je partis à l'hôpital. Les visites après six heures du soir étaient interdites. Je pris mon vélo et roulai à toute vitesse. Évidemment, il pleuvait et de la brume se formait autour de moi. Heureusement que mes réflecteurs éclairaient la route. En arrivant là-bas, je lus sur un papier que seule la famille avait le droit de rendre visite. Je connaissais à peine son prénom. Je devais bien choisir à qui parler. Je n'avais qu'une chance. Je regardai le personnel. Quel soulagement quand je tombai face à une jeune infir-

mière. Elle avait l'air complètement perdue. C'était parfait.
- Bonjour madame, l'interpellai-je calmement.
- Bonjour, avez-vous besoin d'aide ? Me demanda-t-elle en m'observant.
- Oui. Je cherche ma copine. Elle est ici depuis une semaine, brune, la peau pâle, les yeux noirs…
- Nous avons plus de 300 patients ici monsieur. Pouvez-vous me donner son nom ?
Je ne répondis pas.
- Bon, que lui est-il arrivé ?
- Elle s'est faite percutée par une voiture puis tabassée par un homme.
- Oh mais oui, son accident m'a touchée, salle 203. Vous êtes bien son copain ? Nous n'acceptons que les proches de la famille.
- Oui.

Je partis avant que cette fille ne change d'avis. Elle devait sûrement travailler ici depuis très peu de temps. Si ses responsables l'apprenaient, elle serait virée sur le champ.

Quand j'arrivai devant la porte, j'eus peur. Et si elle se réveillait ? Je ne saurai quoi lui dire. Je pris mon courage et ouvris la porte. Elle était là. Les yeux fermés. Les fils plantés dans ses bras, une perfusion à côté d'elle. Sous son œil droit, elle avait une grosse cicatrice, six points au moins. Elle avait dû souffrir. Ou peut-être pas, peut-être qu'elle avait cédé sous les coups et n'avait rien senti. J'espère. Je m'installai sur une chaise près d'elle. Je pris sa main et m'excusai ; je

lui répétai mon nom de peur qu'elle l'oublie, je lui demandai le sien en vain comme si elle allait se réveiller pour me répondre. C'en était risible. Soudain, une infirmière passa vérifier son état.
- Comment va-t-elle ? Demandai-je.
- Son état est stable. Nous espérons que les médicaments lui donneront assez de force pour qu'elle se réveille.
- A-t-elle des chances de se réveiller ?
- Oui. Je souriais, alors elle reprit. Enfin, n'ayez pas trop d'espoir. Sachez que même si elle se réveille, il lui arrivera d'oublier certains moments de sa vie, parfois même des longues périodes. Ce sera difficile pour elle.
- Est-ce possible qu'elle oublie une personne ?
- En général non. Les amnésies provoquent des troubles dans les souvenirs courts, des évènements traumatisants. Mais si certaines personnes de son entourage sont peu importantes à son égard ou alors très récentes, alors oui, il y a un risque, plutôt élevé, qu'elle les oublie.
- Très bien merci. Si je vous donne mon contact, vous pourrez m'appeler quand elle se réveillera ?
- Bien sûr, mais pour cela il faudra passer à l'accueil.

Je la remerciai en lui serrant la main et me dit qu'il fallait que je quitte l'hôpital dans vingt minutes. Moi, j'aurais aimé rester la nuit entière avec elle. J'aurais pu dormir sur le fauteuil en espérant qu'elle se réveille le matin, mais finalement, je décidai de respecter la loi et d'embrasser son front une dernière fois. Je priai pour elle, déposai un livre dont nous avions parlé au début de la nuit – si elle venait à se réveiller, pour qu'elle ne s'ennuie pas –, lui dis que je l'aimais et partis.

Avant de quitter la pièce, j'eus l'idée de regarder devant son lit, quand ma mère était à l'hôpital, ils marquaient les noms dessus.

Il était là, son nom. Je le lus et le prononçai de vive voix : Dalia, Dalia Strøm.

Sur la route du retour, j'y repensais. Dalia, son prénom était une fleur, c'est vrai que le rose lui allait bien, le blanc aussi. Elle ressemblait à cette fleur, qui s'ouvrait un peu plus à chaque nouveau pétale, comme elle s'était ouverte à moi peu à peu cette nuit-là. Son nom, Strøm, signifiait un cours d'eau. Celui-ci lui allait encore mieux, j'allais l'appeler comme ça. Elle était la mer, l'océan, la rivière, le lac, l'étang, le fleuve, tout. Tout ce qui était mouvementé, tout ce qui avait une énergie, qui repoussait certains par peur ou attirait d'autres par sa beauté. L'eau était l'élément qui la reflétait comme aucun autre ne pouvait le faire. Les ouragans et les tempêtes dans l'océan étaient sa colère. Les couchers de soleil qui se réfléchissaient sur l'eau et l'écume étaient sa joie. Les vagues et le sable étaient ses pleurs. C'était harmonieux, Strøm c'était parfait.

Dalia

10

Ils me disaient de ne pas compter mes lendemains alors que mes *hiers* ne me répondaient toujours pas.
Je me rappelle avoir été heureuse, une nuit, mais je ne me rappelle pas où, comment, avec qui. Je me demandais pourquoi l'unique source de joie que l'on m'avait offerte m'avait été brusquement retirée. Peut-être étais-je destinée à cela après tout : perdre.

Je me suis réveillée deux semaines après l'incident. Ma mère et Einar étaient là. Comme s'ils n'avaient jamais réellement quitté ces fauteuils sans aucun charme. Je me rappelle avoir lu dans ses yeux un soulagement et cela m'a étonnée, car je pensais être un poids pour elle.
- Oh Dalia. Mon Dieu, merci, avait-elle chuchoté dans le vide.

Je lui avais souri avec le peu de force qu'il me restait puis après quelques secondes d'embrassades – presque étouffantes – ma mère appela une infirmière afin qu'un docteur vienne diagnostiquer mon état. Il arriva rapidement après. Il me sourit lui aussi comme s'il avait attendu mon réveil depuis des mois. Je ne comprenais pas vraiment ce qu'il se passait, j'étais dans le brouillard le plus total et mes yeux étaient flous.
- Vous avez beaucoup de chance, avoua le docteur.

Je ne répondis pas, je n'avais pas la force. Je regardai autour de moi, tous avaient l'air inquiets.
- Qu'est-ce qu'il m'est arrivé ?
- Vous avez été percutée par une voiture puis tabassée par un homme. Votre corps a beaucoup souffert, il faut lui accorder du repos. Votre accident a aussi provoqué un traumatisme crânien.
- C'est vrai. Je ne me souviens de rien de cette nuit-là. Je ne sais pas ce que je faisais dehors, c'est étrange. Je ne comprends pas, je déteste cette sensation, c'est horrible. Je ne contrôle plus rien, dis-je en haussant ma voix complètement effrayée par mes trous de mémoire.
- Calmez-vous. Les traumatismes crâniens effacent certains souvenirs, tout dépend lesquels, dans votre cas, vous avez en quelque sorte de la chance, car ça n'a touché que des éléments que votre cerveau avait assimilés récemment. Sans doute que vous ne vous souviendrez pas de certains livres que vous avez lus, de moments de sortie avec vos amis récents, de nuits.
- C'est un peu comme quand on ne se souvient pas d'un rêve, non ?
- Oui, si vous voulez.
- Et quand est-ce que cela reviendra ?
- Si vos souvenirs reviennent, ce sera avec le temps seulement. Il se tourna pour s'adresser à ma mère. Vous ne devez pas, sauf dans une situation dangereuse, l'aider à retrouver ses souvenirs si elle vous demande. Par exemple, si elle vous questionne trois, quatre fois de suite sur une même chose et que vous lui répondez

à chaque fois, alors cela pourrait endommager d'autant plus ses oublis.
- Bien.
- Le bémol dans cette histoire est que ce genre de traumatisme peut engendrer d'autres pertes de mémoire même plus tard avec un effort trop intense pour votre état, une prise d'une substance néfaste qui négligerait votre cerveau...et puis, même si la science n'a pas encore établi des preuves pour une corrélation entre les deux, des paralysies de certaines parties du corps peuvent être entraînées suite à ce choc. Le plus dur quand on survit à cela, c'est de se reconstruire.
- Ma pauvre fille, feint ma mère les larmes aux yeux.
- Nous allons la garder encore trois jours, et si tout va bien, elle pourra reprendre le cours de sa vie d'étudiante en faisant attention que sa tête n'entre pas en choc avec quelque chose, de ne pas boire d'alcool les prochains mois, de ne pas s'exposer au froid trop facilement et d'autres mesures que nous vous imprimerons.
- Comment pouvez-vous dire « reprendre le cours de sa vie » ? Demandai-je agacée. Je ne me souviens de rien, je ne sais pas qui ni pourquoi on s'en est pris à moi.
- C'est à la police de faire ce travail, pas à nous madame. Je vais vous laisser avec votre famille. Je reviendrai dans l'après-midi pour des analyses plus approfondies afin d'établir un traitement. Une psychologue est à disposition gratuitement pour ce genre d'accident. Elle pourrait vous aider.

- Bien, merci.
- Vous auriez dû mourir ce matin-là. Vous avez été chanceuse, une étoile veillait sur vous. Ne l'oubliez pas.

Et avant même que je lui réponde, le docteur avait pris la porte. Ce qu'il ne sait pas, c'est que j'aurais préféré mourir.

Cette conversation m'avait épuisée, je décidai de dormir, en espérant qu'en me réveillant, les souvenirs de la nuit de l'accident me reviendraient.

Henry

11

La clinique m'avait appelée. Elle s'était réveillée. Je décidai donc d'aller la voir. Je ne savais pas bien quoi lui dire, ni même si elle souhaitait me parler, mais j'avais besoin de voir son visage, d'entendre sa voix, de toucher sa peau.

Quand j'arrivai à l'hôpital, je me présentai et cette fois, donnai son nom. La dame à l'accueil m'accompagna devant la porte en me donnant pour consigne de ne pas parler fort ou de ne pas insister, crier, car son état restait très faible.

Je pris quelques secondes avant d'ouvrir la porte. J'essayais de trouver une phrase pour entamer une discussion. Au bout d'un moment, je me rendis compte que j'étais sans doute ridicule à attendre devant la chambre ; alors je rentrai en pensant que la discussion viendrait aussi naturellement que celle de la nuit passée ensemble.

Je rentrai, elle était réveillée. Son regard se figea sur moi.

- Coucou.

Elle ne répondit pas. Je m'avançai vers elle. Elle me regardait comme si j'étais un parfait inconnu, elle fronçait ses sourcils comme si elle avait peur, exactement de la même façon dont elle l'avait eu lors de notre rencontre sur le ponton.

- C'est Henry.

- Henry ? Demanda-t-elle d'une voix faible.
- Henry oui, coucou, lui dis-je le sourire aux lèvres, heureux de l'entendre prononcer mon prénom.

Puis, comme si j'étais dans un cauchemar, elle pleura. Elle me demanda qui j'étais et ce que je faisais dans sa chambre. Elle me demanda de partir et me dit qu'elle avait peur de moi. Mon cœur se brisait doucement.
Elle ne se souvenait de rien. Ni de moi, ni de la nuit, ni de la joie qu'elle avait connue, ni de la promesse qu'elle m'avait faite. Rien. C'était le néant absolu.
- Excusez-moi, j'ai dû me tromper de chambre. Au revoir.

Elle n'insista pas, sans doute car sa fatigue ne lui laissait pas le temps de réagir assez rapidement. J'étais dans les couloirs, les larmes aux yeux. Mon souffle ralentissait. J'avais chaud. Des gouttes de sueur coulaient dans mon cou, mes dents grelottaient presque. C'était une sensation pire que désagréable, je sentais mon corps être rongé par la haine. L'atmosphère était pesante, j'arrivais à peine à respirer, ma vue se floutait. Je courus vers la sortie, et dehors, je criai de toutes mes forces. Je courus alors vers la mer, là où nous nous étions vus, là où j'avais cru pouvoir la sauver. Je n'avais été qu'un imbécile. Je n'aurais jamais dû l'approcher. Je n'aurais jamais dû lui faire promettre tout cela.
J'étais au bord de l'eau, en train de jeter des gravillons sur l'eau. Les vagues se brisaient. Je ne savais pas quoi faire. Je lui avais pourtant dit mon nom. Elle avait

même ri en l'entendant. Je suis certain que si la voiture ne l'avait pas percutée, je l'aurais entendue le répéter avec sa voix.

Nous étions de parfaits inconnus et pourtant, j'avais l'impression de la connaître mieux que quiconque. J'étais tombé fou amoureux de cette fille et je suis certain qu'elle aussi avait ressenti cette force qui nous liait. Je ne pouvais accepter le contraire. J'avais besoin d'elle. Elle avait encore besoin de moi, je le sentais. Je le savais. C'est pour cela que je décidai de mentir. Encore. Après tout, je ne faisais que cela, je n'étais bon qu'à cela. Mentir. Mentir mais pour rendre le monde meilleur. N'est-ce pas ça le but de ma vie ? Mentir pour protéger.

La semaine qui suivit, je décidai de faire comme si rien ne s'était passé. Elle allait retourner à la faculté, comme sa mère lui ordonnait, et moi, je ferai ce que je sais faire de mieux : mentir. Je changerai de cours, trouverai sa salle de classe, la ferai rire et nous deviendrons amis. Je trouverai une histoire à raconter en espérant que ses souvenirs ne reviennent pas. Nous nous sauverons ensemble car nous sommes faits pour cela et nous rirons chaque future nuit comme la première.

Dalia

12

Le docteur m'avait laissée rentrer à la maison quatre jours plus tard. Mon état était stable. Ma mère reprenait le travail et Einar, lui qui jamais ne s'était soucié pour moi, m'offrait tout son temps. Il me posait des questions et cela m'épuisait. Il me demandait ce que je faisais cette nuit-là. Je ne savais pas. Il me demandait pourquoi je n'étais pas comme les autres filles de mon âge. Je ne savais pas. Il me demandait qui était l'homme avec qui j'étais. Je ne savais pas. Je voulais lui crier que rien n'était clair, que je ne me souvenais de rien, que j'avais mal, que je voulais mourir, mais je n'avais pas eu la force. Je lui souris en lui promettant qu'un jour, mes souvenirs reviendraient.

Je décidai de reprendre les cours. Je m'ennuyais à la maison. J'avais l'interdiction de sortir pour courir, danser, aller voir la mer par peur que mon cerveau dysfonctionne à nouveau. Le médecin avait dit à ma mère que le froid pouvait détériorer sur ma santé. Je vivais dans le pays le plus froid d'Europe, quelle ironie. Le froid était ma vie ; la glace mon refuge ; les brises de vent me faisaient me sentir vivante. Elles me faisaient trembler de bonheur. Parfois, mon corps se laissait même transporter grâce à leur force.

Quand j'arrivai en cours, je compris vite pourquoi j'avais arrêté d'y aller. Tous ces faux sourires. Tous ces yeux épuisés, ces cernes. Tous ces gens faussement heureux, toutes ces personnes idéalisant un milieu, un futur travail, un salaire. Elles avaient trouvé un sens à leur vie. Je ne comprenais pas pourquoi moi, je n'y parvenais pas.

Je m'installai au fond de l'amphithéâtre, à gauche, près du radiateur. Le cours ne commençait que dans une dizaine de minutes. Je regardai autour de moi : les autres étudiants paraissaient savoir ce qu'ils faisaient ici. Je pris sur moi et sortis mon ordinateur. J'avais changé mon mot de passe peu de temps avant l'accident. Je ne m'en souvenais pas.

- Merde, chuchotai-je épuisée en passant mes mains dans mes cheveux.

Même un mot et des chiffres, même ça. J'avais l'impression d'être complètement stupide.

- Tu as dû mettre le nom de ton artiste préféré, me coupa un garçon. Comme tout le monde, rajouta-t-il.

Sans même le vouloir, mon regard plongea dans ses yeux. Ils étaient d'un bleu que je n'avais encore jamais vu. Un bleu proche du noir. C'était étrange. Son regard me disait pourtant quelque chose, comme si je l'avais déjà regardé longuement auparavant. Ses yeux étaient éteints mais pourtant si beaux. Je lui souris naturellement, et il fit de même. J'avais l'impression qu'il voulait pleurer et rire en même temps, comme s'il voulait me serrer dans ses bras tout en criant qu'il me haïssait.

- Tu as les yeux humides, lui dis-je.
- C'est le froid. Dehors, il gèle.

Il portait un bonnet, mais je pouvais voir ses cheveux blonds grâce à des mèches qui tombaient sur son

visage. Ses lèvres étaient vives, presque violettes à cause du froid sans doute.
- Tu devrais essayer pour le mot de passe.

Je ne lui répondis pas et ouvris mon ordinateur à nouveau. J'y entrais le nom de mon artiste préféré, comme ce garçon m'avait dit de faire : Dvorak. Mon ordinateur se déverrouilla. Je poussais un soupir en riant. Il me regardait sans rien dire. Ses yeux pétillaient.

Je crois bien que nous étions restés de longues minutes à nous regarder et que le cours avait déjà commencé. Près de lui, le temps passait si vite. Ce jour-là, je ne regrettai pas de m'être levée, je ne voulais pas partir et me rendormir.
- Je peux m'asseoir ?
- Avec plaisir.
- Je m'appelle Henry. Henry Atkinson.
- Dalia Strom, enchantée.

Henry

13

Je le sais *mon amour*, je le sais.

Dalia

14

C'est ainsi que je rencontrais à nouveau Henry. Avec lui, tout était plus simple. Nous participions aux cours ensemble, puis nous nous séparions et nous retrouvions le soir pour aller au bar. En un mois à peine, lui et moi étions devenus amis. Il m'amenait chaque week-end dans un bar à jeux. Nous jouions au tarot avec des inconnus toute la soirée. Lui buvait une bière et moi un sirop. Je n'avais pas le droit à l'alcool, mais avec lui, à vrai dire, je n'en avais pas vraiment besoin, j'étais si heureuse. Il me ramenait ensuite chez moi. Il insistait toujours pour que ce soit jusqu'à ma porte, pas avant, ni même après d'ailleurs. Un jour, il m'avait même fait peur quand je lui avais dit que ce n'était pas nécessaire :
- Ne t'en fais pas, je peux rentrer seule, ma maison est à deux pas.
- Mais ça ne me dérange pas.
- Tu devrais aller te reposer plutôt.
- N'insiste pas. Je te raccompagne.

Je ne comprenais pas pourquoi il tenait tant à me ramener. C'est comme s'il craignait que je ne revienne jamais si je partais seule. Comme si marcher seule cent mètres me tuerait.

Enfin, il était devenu mon meilleur ami. Parfois, il m'arrivait de penser que je l'aimais d'une autre façon.

Souvent, je mourrais d'envie de l'embrasser. Quand il était drôle et que ses blagues me faisaient rire à en avoir une douleur abdominale, je voulais lui crier entre deux respirations que j'étais complètement folle de lui. Toujours, je voulais le voir. Avec lui, je n'avais pas besoin de me ressourcer, de me reposer. Je pouvais respirer avec lui. Je pensais même savoir qui j'étais près de lui.
Nous étions tous les deux des êtres de la nuit. Bien sûr, nous nous voyions la journée, mais c'était différent. La nuit, quand le soleil se couchait, son regard changeait, ses yeux pétillaient à nouveau. Son sourire était encore plus beau. Nos corps étaient plus proches, nos rires plus sincères. Il était les étoiles, j'étais la lune. Nous vivions tous les deux l'un pour l'autre. Nous vivions tous les deux en attendant la nuit afin que nos astres s'illuminent mutuellement. La nuit nous promettait des merveilles. La nuit, nous nous promettions un tas de choses. Nous rêvions.

15

Nous étions à la fin du mois de janvier et j'apprenais peu à peu à reprendre à vivre. Il m'aidait beaucoup, me lisait des livres que j'avais oubliés. Je lui parlais de mon accident, je pensais lui faire peur, mais c'était tout le contraire. Ensemble, nous parlions de Schopenhauer pendant des heures. Il me racontait souvent la même histoire, selon lui, c'était la chose la plus triste de toute la philosophie.

- Écoute ça, quand on désire ce que l'on ne peut pas avoir, on appelle ça le manque, on est donc dans la souffrance. Ce qui n'est vraiment pas fun comme situation, disait-il avec le sourire. Mais ! Si on a tout ce que l'on veut, alors certes, on ne souffre plus mais...
- On ne désire plus, finis-je sa phrase.
- Exactement. Et ça, c'est l'ennui. La pire chose qui existe.
- On alternerait donc la vie entre souffrance et ennui. C'est triste.
- On ne serait donc jamais vraiment heureux, complétait-il.
- Tu y crois ?
- Je ne sais pas. Parfois, j'ai espoir de penser le contraire. Par exemple, quand je suis avec toi, je ne souffre pas, mais je ne m'ennuie pas non plus. J'ai vraiment l'impression d'être heureux. Et puis Schopenhauer n'était vraiment pas le type le plus heureux du monde.
- C'est vrai. Tout dépend de la définition du bonheur.
- Le problème du bonheur, c'est qu'il n'existe pas vraiment.
- Non. Le problème est qu'on a attribué au bonheur une valeur d'éternité alors que tout est éphémère. Tout.

Il ne répondit jamais à ce que j'avais dit cette nuit-là. Il m'avait seulement regardée, longtemps, comme s'il voulait me dire quelque chose de grave. J'eus peur alors je lui proposai d'aller faire un tour à vélo vers le rocher. Nous partîmes en riant comme si la discussion que nous avions eue n'avait pas existé. Nous vivions comme si le bonheur existait, car ensemble, nous le créions. Tout était fiction, rien ne semblait être réel ensemble. J'avais l'impression d'être dans un rêve dont je ne pouvais me réveiller.

16

En février, il m'avait présenté à son père. Il était adorable, aussi drôle que lui. Il m'avait raconté qu'il l'avait retrouvé il y a très peu de temps et que leur relation se reconstruisait encore. Pourtant, j'avais l'impression de voir entre eux une véritable complicité, comme s'ils s'étaient toujours connus. C'était peut-être son don après tout. Peut-être qu'il n'avait jamais connu ce que c'était que de se sentir étranger par rapport à quelqu'un.
Ce jour-là, quelqu'un avait sonné à la porte de leur maison. Henry s'était brusquement arrêté de parler, l'air effrayé. Je ne comprenais pas, son père, lui, continuait de boire en racontant ses histoires au travail. Je fis mine de l'écouter et posai ma main sur une de ses cuisses qui tremblait. Son regard se posa sur moi et j'y trouvai une angoisse qu'il ne m'avait encore jamais montrée. Il passa sa main délicatement dans le creux de ma hanche et me chuchota.
- Je reviens. Reste ici.

Il avait l'air de savoir qui se trouvait derrière cette porte. Je voulais en savoir plus, moi aussi. Son père, lui, avait arrêté de parler. Il regarda par la fenêtre. Quelques minutes après, Henry rentra dans la maison,

un homme âgé d'une bonne trentaine d'années environ à ses côtés. Ses yeux étaient rouges. Je pouvais y lire de la honte, des éclairs de colère. J'eus à peine le temps de prendre une respiration que j'entendis un verre se briser. C'était son père. Il était au bord du malaise. Sa blancheur me choqua. On pouvait distinguer ses veines comme s'il venait de voir un monstre.
- Salut papa, lâcha l'homme.

Son père ne répondit pas. Il ne le regardait même pas dans les yeux, quasiment inconscient. Je me sentais de trop.
- Oh, salut Dalia.

Il s'approchait pour me saluer comme on le faisait par habitude chez nous, mais avant même qu'il ne me touche, Henry l'attrapa et lui interdit de le faire. Je ne compris pas.
- Ok… je vois. N'empêche frérot, quand je vois cette peau, cette pureté, je comprends. Quel bijou.

Il ne répondit pas. Son regard était d'une noirceur abyssale. Il m'effrayait. Je forçai le père des deux frères à boire un verre d'eau. Alors qu'il se remettait de ses états, j'entendis en fond l'homme chuchoter une chose à mon ami.
- Tu as commencé cette histoire, laisse-moi la finir pour toi.

Encore une fois, il baissa le regard et le replongea sur moi comme pour me dire qu'il était désolé. Il le laissa s'asseoir à la table à manger.
- Comment vas-tu papa ?
- Qu'est-ce que tu fous ici June?

- Quel accueil putain ! Je vois que je vous ai tous manqué. Merci.
- Je t'avais dit de ne plus jamais foutre les pieds ici ! s'emporta le père en se levant de sa chaise. Il était prêt à le frapper.
- Oh ! mais je voulais juste faire un coucou, histoire de vous rappeler que j'existe encore. Tu pensais ne plus jamais me revoir hein ? Ton fils, tu le pensais mort ! Je suis sûr que t'en étais soulagé, rit-il méchamment en se mettant à sa hauteur.
- June, l'interpella Henry qui était resté jusque-là silencieux. Tu pars.
- Pas sans toi.
- Sans moi et maintenant.

Il regarda son petit frère puis son père. Cette famille avait l'air anéantie, brisée. Lui m'avait l'air démoli. Derrière son air arrogant, sarcastique, presque malsain, il avait l'air si triste, si seul. Ils avaient l'air de cacher un lourd secret. Je ne me sentais plus à ma place ici. Je voulais partir alors je pris mon manteau, enfilai mon bonnet et pris la porte. Henry me rattrapa dans la rue en criant.
- Dalia ! Dalia ! Arrête-toi s'il te plaît.

Je m'arrêtai.
- C'était quoi tout ça ?
- Je ne sais pas.
- Comment ça tu ne sais pas ?!
- Je ne comprends rien.
- Ton frère, ton père, toi, vous... enfin... on aurait dit de parfaits inconnus, comme si tu étais étranger à ta

propre famille. Et puis la tête de ton père quand il l'a vu, ton regard... Je, tout ça a l'air si grave Henry et...
- Et alors ?! Est-ce que ça change quelque chose entre nous ? Est-ce que tu m'as vu fuir, moi, la seconde où je t'ai vue, alors que tu paraissais complètement perdue, les yeux embués ? Non. Non, je n'ai pas fui, car je t'accepte toi et que je t'aime, qu'importe ce qui se passe autour de nous. Tu ne le vois pas ça ?!

Ses cris me donnèrent un coup dans la tête, ils résonnaient dans mon cerveau et j'avais mal. Je plaçai mes mains contre ma tête et enroulai mon cou vers mon torse. Il avait raison, ma réaction était démesurée.
- Je suis désolée. Pardon. Je n'aurais pas dû crier, s'excusa-t-il en essayant de relever mon visage.
- Tout va bien, c'est juste qu'il faut pas trop crier sinon j'ai mal à cause de l'accident...
- Je ne le referai plus. Pardonne-moi.

Il s'approcha de moi et rangea une mèche de mes cheveux derrière mon oreille tout en me caressant la nuque.
- Viens là, chuchota-t-il en mettant sa main dans le creux de mon cou pour déposer ses lèvres sur mon front.

Nous nous enlaçâmes longtemps. Je crois que le soleil avait eu le temps de se coucher, que nous étions encore dans les bras l'un de l'autre. Au milieu de la rue, la brume rendait l'atmosphère féerique. Je suis certaine que les passants pouvaient à peine nous apercevoir tant le brouillard nous enveloppait. Mon visage contre son torse, à entendre son souffle, j'y retrouvais la paix. Son cœur battait de moins en moins vite, la tempête se calmait. Il me chuchotait qu'il était désolé, qu'il aurait aimé que je rencontre sa famille autrement, que c'était difficile, qu'il m'expliquerait tout.

Henry

17

Schopenhauer disait que le bonheur n'existait pas et j'ai longtemps cru qu'il disait vrai. J'ai mis longtemps à comprendre que ce type n'avait juste pas eu la chance de connaître une personne qui lui avait montré le contraire. Moi, je l'avais rencontrée. Avec elle, j'avais passé les plus beaux moments de ma vie, j'avais vécu la plus belle année de ma vie.

Son mot de passe, ce jour-là, je le connaissais car elle me l'avait confié la nuit où nous nous étions rencontrés pour la première fois. Elle m'avait crié après avoir bu, que Dvorak était son compositeur préféré. Depuis, je l'écoutais souvent. Ses musiques étaient d'une profonde tristesse mais elles me faisaient penser à elle et c'était le principal.

June était revenu me voir le lendemain du repas. Il m'avait menacé, encore. Cette fois, c'était trois jours qu'il me laissait. Cette fois, je n'avais plus le choix.
- On a juste un léger problème petit frère.
- Quoi ?
- Tu penses que ta copine parle anglais ?
- Tu rêves.
- Oh non, c'est pas moi qui rêve. C'est Stan. Il *en* rêve.
- C'est mort.
- Mais, explosa-t-il de rire, tu n'as pas le choix Henry, tu en as déjà eus trop de fois et tu as fait les mauvais.

- Pourquoi elle ?
- Je lui ai parlé de sa peau, de ses cheveux… il aime tout ce qu'il entend.
- Il ne la touchera pas d'un cheveux, tu m'entends ?! Criai-je de rage.
- Malheureusement, tu le connais, il en fera ce qu'il veut. Maintenant, elle est dans le jeu aussi. Je t'avais prévenu, tu n'en as fait qu'à ta tête.
- Vous irez en enfer.
- On y est déjà.

En repartant, il déposa un livre sur la table. C'était un guide de Londres.
- Tu te fous de la gueule de qui ?
- Elle adorera Sky Garden. À mardi frérot.

Je n'en revenais pas. Je pris mon téléphone et appelai Stan. Cela faisait maintenant près d'un an que je ne l'avais pas fait. Le téléphone sonna longtemps, je pensais qu'il ne décrocherait pas. Alors que je commençais à perdre espoir, le son se coupa.
- Henry. J'attendais ton appel avec impatience, lança-t-il sarcastiquement.
- Elle ne fait pas partie du marché. Tu ne la toucheras jamais.
- Après des années à travailler pour moi, je pensais que tu me connaîtrais quand même, mon pauvre enfant. C'est un ordre, c'est elle et toi mardi soir chez moi. Sinon, tu pourras lui dire au revoir, je rêve de venir bouffer du bon saumon. Un long silence s'immisça. Tu ri-

golais à mes blagues avant, t'es moins drôle maintenant.
- Je te connais et je sais que, contrairement à ce que tu dis, tu aimes bluffer.
- C'était avant. Les gens changent.
- Les gens ne changent que s'ils ont la volonté de changer. Bref, ce n'est pas le sujet. Elle ne peut pas bosser pour vous.
- Pour nous tu veux dire ?
- Elle est fragile. Faire tout ce qu'on fait pourrait la tuer.
- Mais si tu crois que j'en ai quelque chose à foutre. Depuis quand je m'intéresse aux gens moi ?
- Si elle meurt à cause de ça, ce sera toi le prochain. Je te le jure.
- Ce serait un honneur qu'un Atkinson me plante un couteau dans le cœur, il rit avant de rajouter. Peut-être que le mien pourrait servir de don même ? Tu ne penses pas ?
- Tu n'en as pas Stan. Tu l'oublies trop vite.
- À dans trois jours. Avec la nana ou rien.

Je raccrochai complètement abasourdi par tout ce que l'on venait d'échanger. C'était moi qui bluffais, évidemment qu'il était capable de la tuer. Je ne pouvais pas le permettre.

18

Le lendemain, je la rejoignis à nos places en classe. Elle me sourit en me voyant monter les escaliers et je

ne pus m'empêcher de faire de même. Je mourrais d'envie de l'embrasser ; de simplement m'asseoir auprès d'elle, d'écouter le professeur de philosophie et de la faire rire dès qu'il parlerait de Spinoza. Mais au lieu de cela, quand j'arrivai à sa hauteur, je la regardai et lui dis :
- Est-ce que tu veux sécher aujourd'hui ?

Je me détestais. Moi qui lui avais fait promettre de se battre pour son bonheur cette nuit-là, de combattre sa dépression et de suivre les cours pour vivre de sa passion qui était la littérature, moi, lui proposais de sécher. Elle me regarda, surprise par ma requête, elle ne comprenait pas.
- J'ai à te parler, ajoutai-je.

Alors elle vit dans mon regard vide que c'était important. Elle ne me répondit pas et commença à ranger ses affaires. Je lui pris son sac, l'a laissée passer devant et nous partîmes du cours qui venait à peine de commencer. Le professeur qui avait pris l'habitude de nous voir assidus ne comprit sans doute pas. Elle s'excusa et s'enfuit à mes côtés vers la sortie de la faculté. Là-bas, je lui demandais si elle voulait aller à la mer. Elle me répondit oui sans vraiment savoir pourquoi. Elle me suivait les yeux fermés et je détestais cela, j'avais comme l'impression de la manipuler. L'autre nuit, elle le faisait aussi, mais c'était différent.

Arrivés sur le ponton, elle me confia qu'elle venait souvent ici avant. Je fis semblant d'être surpris et lui demandai pourquoi. Elle commença à en parler et je réfléchis de mon côté à comment lui expliquer ce que

j'allais lui annoncer. Je faisais semblant de l'écouter alors qu'une phrase me fit sortir de mes pensées.
- Je crois être venue ici la nuit de mon accident. Je le sens.

Je lui avais répondu mort d'inquiétude que oui, que c'était possible, que ça lui reviendrait doucement. Certains trous de mémoire lui revenaient peu à peu en tête et cela m'inquiétait beaucoup.
- Écoute Dalia, j'ai un problème.
- Dis-moi, tu sais que je serai toujours là.
- C'est bien ça le problème.
- Tu me fais peur, arrête, me disait-elle en me prenant la main. Elles étaient gelées. Pourtant en une seconde, elle réussit à les réchauffer.
- Je dois repartir vivre à Londres.
- Pourquoi ? Tu m'as toujours dit que tu te sentais mieux ici.
- Je n'ai pas le choix.
- Mais explique-toi Henry, je ne comprends pas. Tu as tout ici, tu as ton père, les études que tu aimes, nos bars, notre mer, tu m'as moi et puis…
- Je ne suis pas chez moi pour autant, la coupai-je à contrecœur. J'avais tout ici, elle avait raison.
- Très bien, alors je suppose que l'on doit se dire au revoir.
- Non.
- Pourquoi ?
- Parce que l'on doit se dire adieu.
- Mais…

- Ne pose pas de questions je t'en supplie, la regardai-je alors qu'une première larme coulait sur ma joue.
- Tu pleures.
- Parce que je ne veux pas te quitter.
- Mais alors ne le fais pas.
- Je n'ai pas le choix.
- On a toujours le choix.
- Pas cette fois Strom, pas cette fois.

Elle aussi pleurait. Elle ne comprenait sans doute rien à la situation, mais j'avais fait mon choix. J'avais un plan. Là-bas, en face de lui, j'arriverai à le convaincre de ne pas l'approcher, et si ce n'est pas le cas, je le tuerai avant qu'il ne le fasse. Je voulais qu'elle vive. Je lui avais appris à vivre et maintenant, elle saurait le faire sans moi. Nous nous regardions intensément.
- Je peux t'embrasser ? Demandai-je ne maîtrisant de nouveau plus mes désirs.
- Si c'est la dernière fois que l'on peut alors oui. Embrasse-moi Henry, je t'en supplie, et ne t'arrête pas.
Je séchai une larme sur sa joue droite et y déposai un baiser avant de prendre son visage entre mes mains et de lui demander pardon. Elle me regardait intensément et avant qu'elle ne réponde autre chose, je plaquai mes lèvres sur les siennes. Elles avaient exactement le même goût que la première fois. Elle posait ses mains dans mes cheveux et les miennes entouraient sa nuque. C'était si douloureux. Quand nous reprîmes notre souffle, elle m'avoua une chose qui me fit tressaillir.

- J'ai l'impression que je t'ai déjà embrassé, c'est fou, me confia-t-elle.

Je lui souris et déposai mes lèvres une dernière fois sur les siennes. Nous passâmes le reste de la journée ensemble. Nous étions allés sur le rocher, au cinéma, dans un café, à la bibliothèque lire un livre puis chez moi dormir. Le matin, je ne la raccompagnai pas chez elle par peur que le cauchemar se reproduise. C'était exactement le même scénario que cette nuit-là. La voir inconsciente sur la route à nouveau, je n'aurais pu le supporter, je préférais lui dire que j'étais fatigué et qu'il fallait que je fasse mes affaires pour demain. Elle partit et je l'embrassai sur la tempe en lui souhaitant le meilleur et en lui disant que je l'aimais. Elle me promettait que j'avais tort, que nous nous reverrions vite, que ce n'était juste pas le bon moment, mais que j'étais la bonne personne. Je me rappelle avoir été fier d'elle à ce moment-là, car pour la première fois depuis notre rencontre, elle avait été porteuse d'espoir et cela voulait dire que j'avais réussi au moins une chose ici : lui avoir redonné la joie.

Elle était passée de la tempête à la brise de vent. Elle était devenue une vague alors qu'elle était un ouragan. Elle était devenue un simple rayon alors qu'elle brûlait comme le soleil. Elle était devenue une bougie alors qu'elle était le feu qui saccageait le monde. Après tout, le Dalhia n'a jamais eu d'épines.

PARTIE II

Dalia

19

Il m'avait quittée depuis trois jours. Je me retrouvais de nouveau seule, mais j'avais décidé de continuer d'aller en cours. Notre nouveau professeur de lettres était si bon qu'il faisait presque passer le cours plus vite que si j'étais à la maison en train de dormir. Le soir, en rentrant, j'ouvris un livre et lus jusqu'à ce que mes yeux se ferment. Je ne me sentais plus triste, je me sentais simplement vide sans lui. J'avais pris l'habitude de voir la vie en couleur, de voir la mer bleue, le soleil jaune, la neige blanche pure, maintenant, tout était gris, noir, blanc jauni. Ça ne faisait que trois jours qu'il était parti, mais pourtant son absence était de plus en plus insoutenable.

Le fait de ne pas savoir pourquoi il avait fui de la sorte était sans aucun doute la chose la plus douloureuse dans cette histoire. Ce manque me maintenait sur place. Je ne pouvais pas avancer sans savoir comment il allait. Je n'avais pas voulu lui crier dessus, le forcer à me donner des explications car dans ses yeux, j'avais aperçu de l'effroi. Quelque chose de terrible. Je voyais bien qu'il mourrait de peur. D'ailleurs, je l'avais toujours vu. Henry était le genre de personne à ne pas montrer ses émotions pour aider les autres, il était le genre d'homme à ne pas parler de ses ennuis par peur d'embêter les autres, mais avec moi, il n'aurait pas eu à l'être. Je l'aimais tant. Je me sentais si seule sans lui.

J'avais l'impression que l'on m'avait retiré l'unique chose qui me maintenait en vie.

20

Un samedi matin, alors que je sortais d'une séance à l'hôpital pour m'aider à retrouver ma mémoire, je me rendis compte qu'un homme dans la rue me suivait. J'avais oublié cette sensation depuis que j'avais pris l'habitude d'être toujours accompagnée par Henry. Mon cœur se mit à accélérer. Je pris mon téléphone et fis semblant de faire une photo pour une amie afin de voir son visage. Je ne le connaissais pas. Je décidai de tourner dans une rue où les passages étaient plus nombreux. J'accélérai le pas mais il était toujours derrière moi. Je retournai ma tête rapidement en arrière et mon regard croisa le sien. J'avalai ma salive. Bon sang comme je détestais ce genre de situation. Après avoir marché longtemps, épuisée, je décidai de m'arrêter. Au pire, qu'avais-je à perdre ? Je n'avais plus rien.
- Que me voulez-vous ?

Il ne me répondit pas. Il me fixa. L'homme devant moi avait exactement le même tatouage dans le cou que le frère de Henry. Je pris peur et décidai de repartir.
- Allons boire un café là-bas, me proposa-t-il alors que je lui tournai le dos.

Sa voix était si grave, si peu rassurante, si différente de celle de Henry. Il me proposait cela en anglais, je compris. J'acceptai.

- Vous êtes un proche de June, ouvris-je la discussion.
- Tu es intelligente, c'est bien.
- Que voulez-vous ? Où est Henry ?
- On en manquait de femmes malignes dans cette bande, ajouta-t-il en ignorant mes questions.
- Si vous ne répondez pas, je pars.

Il souffla en esquissant un sourire machiavélique.
- Henry est à Londres.
- Non ? Sans blague ? Ironisai-je la situation.
- On a le même humour, on va bien s'entendre toi et moi, me confia-t-il en s'approchant. Il posa sa main sur ma cuisse que je retirai aussitôt. Je décidai de partir, mais il me rattrapa.
- Attends. J'ai une proposition à te faire. Ton copain n'a pas eu les couilles de te la faire alors…
- Il n'est pas mon copain.
- Bon je considère que coucher avec quelqu'un c'est être avec. Simple valeur mais c'est pas le sujet.
- Nous n'avons pas couché ensemble, et même si c'était le cas ça ne te regarderait pas. Dis-moi qui tu es.

Il rit encore mais cette fois-ci, il se moquait, comme si j'avais dit quelque chose d'absurde.
- Stan.
- C'est tout ?
- Tant que tu n'acceptes pas, oui.
- Je t'écoute.
- Je te propose de quitter Bergen pour venir travailler avec moi et mon équipe à Londres. Henry en fait partie, tu le retrouverais.

- C'est quoi votre travail ? Demandai-je en connaissant très bien la réponse au fond de moi.
- Sauver des vies.
- En en tuant d'autres.
- Pour en sauver des meilleures.
- Mais en en tuant d'autres quand même.
- J'aime pas la morale, arrêtons-nous là. Acceptes-tu ?
- Non. Au revoir.

Il me laissa partir sans rien dire. Je ne pensais pas que cela aurait été si simple de le convaincre. Je le vis payer le serveur pour deux cafés que nous n'avions pas même bus et se lever. Il prit un certain temps pour décider quoi faire, comme s'il avait un instant retrouvé son humanité mais au bout d'un moment, il partit de son côté.

Le soir, quand j'arrivai chez moi, il était de nouveau là. Cette fois, je pris peur pour de bon.
- J'avais promis à June d'essayer la méthode douce, je pensais que tu serais plus intelligente que ça.
- Pardon ? Réussis-je à articuler.
- Tu as l'air effrayée, tout doux. Je te laisse prendre quatre, cinq affaires dans ta chambre et je veux que dans cinq minutes, tu aies posé ton joli petit cul dans la voiture. Je n'ai pas plus de temps à perdre, me menaça-t-il en montrant fièrement une arme dans sa main.

Je ne lui répondis pas et partis à l'intérieur de la maison. Je vis par la fenêtre qu'il m'attendait. Je repensais à ce que j'avais dit à Henry : « on a toujours le choix ». À ce moment-là, j'avais le choix : appeler la police et le faire emprisonner ou le suivre. Je ne sais pas pourquoi, encore aujourd'hui, je ne comprends toujours pas, mais j'optai pour le second. Parfois, on prend de mauvaises décisions qui paraissent pourtant évidents mais on le fait car on ne réfléchit pas, on suit simplement son instinct. J'avais appris avec le temps qu'il ne fallait quasiment jamais suivre son instinct et pourtant, c'est exactement ce que je venais de faire. Je pris mon livre préféré, des pulls et le collier que ma mère m'avait offert le jour de mes quinze ans. J'allai dans le salon, pris un stylo et écrivis sur un bout de post-it un mot à ma mère.

Maman,

J'aurai dû être une meilleure fille. Une plus facile à aimer, moins difficile à comprendre mais je ne regrette rien. On ne peut pas toujours être le héros de l'histoire. Je suis désolée. Je t'aime. Nous nous retrouverons. Prends soin de toi.

Ne cherche pas à me retrouver.

Dalia.

Je laissai couler une larme sur le mot. D'habitude, c'était ma mère qui écrivait la liste des courses, où alors « bonne journée ma puce » ; « je rentrerai tard ce soir, il y a une escalope panée dans le congélateur ma puce »... Aujourd'hui, c'était mon tour.

Je fermai la maison à clé, Stan m'attendait toujours au même endroit, toujours l'arme dans la main.
- Tu peux baisser ton arme, je ne vais pas m'enfuir, lui confiai-je en le fixant dans les yeux.

Je crus apercevoir un instant de la pitié dans ses yeux. En voyant mes larmes, il semblait presque se sentir coupable, mais c'était ridicule. En réalité, il était seulement fier de me voir dans cet état. Je n'avais plus la force de me battre.

Il m'ouvrit la porte de la voiture comme s'il se préparait à m'amener dans une belle soirée. Je lui dis que ce n'était pas nécessaire. J'allumai une cigarette alors que je ne l'avais pas fait depuis des semaines. C'était ridicule oui.
- Tiens, ça m'étonne que Henry ait accepté une fille qui fume.
- Tiens, ça m'étonne que Henry soit aussi con pour traîner avec une saleté comme toi.
- Touché.

Je ne lui répondis pas et ouvris la fenêtre pour laisser l'air rentrer. Il ne me regarda pas jusqu'à notre arrivée à l'aéroport. Là-bas, nous embarquions rapidement. Aucune larme ne coula lorsque je sentis l'avion décoller, pourtant, je venais de tout quitter. Le trajet se fit dans le plus grand des silences. Stan lisait un magazine et je lisais un livre. Quand nous atterrîmes, il releva la tête de son magazine, toussa un coup et me dit :
- Bienvenue dans le vrai monde ma vieille !

Stansted. Nous récupérâmes nos valises et partîmes chercher sa voiture. L'air était beaucoup plus chaud

qu'en Norvège. Pour eux, sans doute qu'il faisait froid, mais sous mon manteau, je mourrais de chaud. J'étais en train d'étouffer. J'enlevai donc mon manteau avant d'entrer dans la voiture et me retrouvai avec un col roulé fin seulement.
- Je ne pensais pas que ça irait si vite entre nous, mais d'accord, blagua-t-il en faisant semblant d'enlever son pull aussi.
- Gros porc, l'insultai-je.
- Répète ? Dit-il en s'approchant de mon visage en contractant sa mâchoire. Il m'effrayait mais je ne lui montrai pas.
- Tu n'es qu'un gros porc.
- Répète ? Me menaça-t-il en prenant ma nuque entre ses mains. J'avais mal.
- Tu crois qu'on a quel âge pour jouer à ce jeu Stan ?

Il me relâchait. J'avais gagné la première bataille. Il démarra la voiture, mit la radio à fond et accéléra brusquement à la sortie du parking. Le GPS indiquait une heure et demie environ.

Alors qu'il ne restait qu'une dizaine de minutes avant d'arriver à destination, je coupai la musique.
- Pourquoi Henry travaille-t-il pour toi ?
- Parce que le monde n'est pas divisé entre les méchants et les gentils contrairement à ce que tu crois.
- Je ne crois pas ça, mais Henry est intelligent. Il n'a aucun intérêt à travailler pour toi.

Il laissa un court silence qui me refroidit le dos.
- Alors il ne t'a vraiment rien dit ?

- Comment ça ?
  Il rit.
- Zut je l'ai éduqué un peu quand même, j'ai dû louper une étape alors. Quoique non, c'est lui le con, je me rappelle lui avoir dit que la confiance c'était la clé. Bon, il avait quoi quinze ans à tout casser, il a dû oublier et puis…
- C'est bon arrête. Les monologues c'est pas mon truc.
- Henry travaillait pour moi car il avait une dette c'est tout. À quinze ans, il me devait cent mille balles.
- Et aujourd'hui ?
- Zéro, mais je l'aime bien, il est efficace, pas con et ramène de bons lots.
- Mais tu n'es pas en droit !
- Tu peux arrêter de rêver putain ? Dans le monde dans lequel on vit il n'y a aucune justice.
- T'es vraiment mauvais jusqu'au bout, lâchai-je dégoûtée par son manque d'humanité. Il ne te doit plus rien, tu aurais dû le laisser en Norvège. Nous laisser.
- C'est vrai qu'il m'a dit que vous passiez du bon temps ensemble. June m'a même dit que vous étiez allés voir une pluie d'étoiles filantes ensemble. Pas mal, il a joué le gros lot.
- June ment.
- June ne ment jamais.
- Nous ne sommes jamais allés voir quoi que ce soit de ce genre.
  Il rit.
- J'ai dû rêver alors.
- C'est ça oui.

Nous arrivâmes sous le pont de Londres tard dans la nuit. Tout le monde dormait. Henry sans doute aussi. Je lui demandai s'il était au courant que j'étais là et il me répondit d'un ton arrogant que non, qu'il le découvrirait lui-même demain.

Ce soir-là, dans la chambre qu'il m'avait attitrée, je mis du temps à m'endormir. Je n'arrêtais pas de réfléchir, de supposer : et si je ne l'avais pas rencontré ? Et s'il était comme les autres garçons ? Et si j'avais été plus prudente ? Faire des hypothèses ne servait strictement à rien, mais je ne pouvais pas m'en empêcher. J'avais toujours dit avec fierté que je n'avais pas de vrais regrets. Cette nuit-là, je ne pouvais plus le crier aussi fort.

La chambre que Stan m'avait attribuée sentait encore l'odeur d'un parfum de la femme précédente qui y résidait. Je ne me sentais pas du tout chez moi, j'osais à peine me déchausser, défaire les draps. Rien ne semblant réel, j'avais encore l'impression d'être dans un rêve. Demain, en me réveillant, je serais sans doute dans mon lit, *Crime et châtiment* sur ma table de chevet et j'entendrai ma mère crier sur Einar. Pourtant, rien de tout cela n'était arrivé. Le matin, quand le réveil sonna, j'étais bel et bien encore cloîtrée dans cette chambre. Je décidai de ne pas plus attendre, j'avais besoin de réponses au plus vite. Je me levai, brossai mes cheveux, me lavai les dents, mis une fine couche de mascara qu'il y avait sur l'évier – sans doute à la même femme – et partis.

Dans le couloir, tout était vide. Il n'y avait ni cadre, ni tapisserie, la moquette marron était l'unique once de couleur. C'en était presque triste de voir une maison habitée aussi seule. Je marchai lentement, le couloir ressemblait à celui d'un ancien hôtel. À la fin de celui-ci, je tombai sur une énorme porte blindée, je poussai celle-ci avec force et me retrouvai dans un salon. Là-bas, il y avait déjà du monde. La plupart étaient des hommes, d'âges divers. La grande majorité ne fit pas attention à moi, à mon regard perdu. Ils devaient être habitués à voir de nouvelles femmes débarquer du jour au lendemain. Cependant, alors que je balayais la pièce lumineuse du regard, je vis une femme s'approcher dans ma direction.

Elle avait la peau mate mais ses yeux étaient verts. Elle portait des bijoux en or qui habillaient parfaitement son teint. Elle était fabuleusement belle et s'approchait en souriant. Arrivée à ma hauteur, elle me parut grande.
- Éloïse, et toi ?
- Dalia, tentai-je de lui sourire en retour.

Elle n'avait pas l'air bien méchante, c'était agréable de voir une personne ainsi quand on voyait les autres autour.
- Stan m'a dit que tu avais envoyé ta candidature pour travailler ici alors…
- Alors pas vraiment...

Elle rit, mais elle rit de bon cœur.
- Je rigole. Bref, je suis ses ordres alors je te dis ce qu'on fait aujourd'hui ?

- On ?
- Oui on. Déjà, tu vas dans la chambre au fond du couloir à droite, la vingt-six, c'est Stan, il veut te parler.
Elle vit dans mon regard de la peur.
- Pas lui, t'inquiète pas. Il ne te fera pas de mal.
- C'est ça oui.
- Je te le jure. C'est un connard de tout genre, il se donne une image mais il n'a jamais fait plus que toucher la nuque d'une femme. C'est du bluff, sinon je ne serais pas ici.
- Ah parce que tu as eu le choix toi ? Demandai-je en riant.
- En quelque sorte. Je sais que c'est difficile, mais tu t'y habitueras, tu trouveras peut-être du plaisir au bout d'un moment.
- Du plaisir ? À tuer des gens ?
- Quoi ? Mais oh, qu'est-ce qu'il t'a dit encore ce con. Toi, tu ne tueras personne. Les femmes, on sert seulement d'appât. Il en faut des jolies, dit-elle fièrement avec un sourire narquois.
- Mmh.
- Bref, deuxième étape de la journée, je t'amène visiter Londres, les endroits importants pour nous et tout le reste. Si on a le temps, j'ai même la carte de Stan pour aller faire du shopping.
- Mais génial ! J'aurais dû venir ici plus tôt !
- J'aime ton sarcasme.

Je lui souris et partis en direction de la chambre de Stan. Devant sa porte, je pris une grande respiration et me précipitai d'ouvrir alors que j'entendais des bruits de fond dans le couloir.

En dépassant la porte, Stan qui était sur une chaise tournante face à son bureau me fit l'honneur de remarquer ma présence.

- Oh, je vois que tu t'es vite faite au lieu.
- On dirait oui.
- Lis t'a bien accueilli ? Sourit-il.
- Mieux que toi oui, forcément, lui souris-je en retour.
- Je voulais te voir. Je vais te donner tes missions pour le début.
- Est-ce que je peux voir Henry ?
- Tu auras tout le temps après, écoute-moi d'abord. C'est moi qui ordonne ici. Ton rôle, c'est d'attirer des hommes qui peuvent nous rapporter de l'argent dans les soirées, de sortir avec eux même, si ça peut nous rapporter de bons contrats… des gros lots quoi !
- Oui en gros je suis une pute quoi.
- Tu devras aussi – continua-t-il en ignorant ma riposte – suivre les ordres de mes gars, parfois ceux de Henry d'ailleurs, en mission. Si t'es pas conne, je te donnerai d'autres trucs réservés aux mecs comme chercher des clients, en virer d'autres.
- Génial, c'est vraiment le job de mes rêves, merci.
- Avec plaisir. Tu peux partir.

Je le regardai une dernière fois en mimant un sourire et ouvris la porte. Dans le couloir, je tombai nez à nez face à lui.

Il ne réagit pas pendant quelques secondes. Tout simplement, il me regardait, comme si de rien n'était,

comme si cette situation lui paraissait normale. Puis, au bout d'un court moment, je vis son regard s'embuait, son souffle s'accélérait. Il regardait partout autour de lui comme s'il cherchait un endroit où s'échapper.
- Henry ? Henry c'est moi. C'est Dalia, essayai-je de le calmer désespérément.

Il attrapa ma manche, mais son état s'empirait. Il avait une main dans ses cheveux, des gouttes de sueur sur le front. Il était en pleine crise de panique.
- On va dans ma chambre, viens.

Je lui pris la main comme l'on fait à un enfant et l'emmenai à l'intérieur. Là-bas, au moins, personne ne pouvait nous voir. J'ouvris en grand la minuscule fenêtre à ma disposition et l'encourageai à s'y approcher. Je mis sa main sur ma poitrine et lui fit signe de suivre mes battements. C'était ridicule, car mon cœur, près de lui, battait tout aussi vite que le sien. Quelques minutes après, Henry retrouva ses esprits, je le fis asseoir.
- Merci, me dit-il.

Je ne lui répondis pas.
- Tu ne devrais pas être là.
- Et toi non plus.

Il se leva et marcha en rond autour du lit.
- Henry calme toi.
- Mais comment veux-tu que je me calme ?!
- Arrête de crier, ils vont nous entendre.
- Mais je m'en fous de ce qu'ils pensent. On était bien là-bas, sans eux, sans tout, je…

Je me levai et mon corps frôla le sien. Il se jeta sur moi. Dans ses bras, c'était terrible, c'était une tempête. Quand il se calma enfin pour de bon, je décidai de lui parler.
- Henry, tu es déjà allé voir une pluie d'étoiles sur le rocher ?
- Une fois oui, répondit-il surpris.
- Avec qui ? Demandai-je sans aucune discrétion.

Il me regarda un instant sans rien dire. Ses yeux n'avaient pas changé de couleur, mais ils ne brillaient plus. Il ne répondait toujours pas à ma question, pourtant, elle était simple.
- Henry, depuis quand est-ce qu'on se connaît ?
- Je ne me rappelle pas exactement.
Stan n'avait pas menti. Henry et moi avions vu ces étoiles.
- Est-ce que tu me connaissais avant…
- L'accident. Oui.

Cette fois, c'était moi, je restai dans le silence. Pourquoi m'avait-il menti ? Il avait eu tant d'occasions de me le dire, il ne l'avait pas fait. Ce n'était pas une honte pourtant. J'avais l'impression d'avoir été utilisée comme appas, comme échappatoire, comme rien et comme tout en même temps.
- Je peux tout t'expliquer si tu veux.
J'avais perdu des souvenirs et il s'était servi de cette faiblesse pour m'approcher.
- Nous nous sommes rencontrés la nuit de l'accident. Tu étais triste, je t'ai promis de te rendre heureuse. Je crois avoir réussi, tu me l'avais dit, ajouta-t-il comme

si cela changeait quelque chose à son mensonge. Nous sommes allés voir ces étoiles, nous avons dansé, nous nous sommes embrassés et nous avons fait l'amour. En rentrant chez toi, tu as traversé la route et la voiture de June t'a renversée.

J'étais sous le choc. Comment avait-il pu aussi bien mentir ? S'il mentait si bien, peut-être qu'il me mentait encore maintenant.

- Nous avons passé une nuit magique. Quand j'ai appris que tu l'avais oubliée, je, j'ai cru tomber d'un gouffre.
- Explique-moi tout. Je veux connaître dans les moindres détails cette nuit-là, je veux que tu m'aides à me rappeler. S'il te plaît.

Je ne sais pas pourquoi je répondis cela, mais ce fut instantané, je ne réfléchis pas.
- Les médecins m'ont déconseillé cela...
- S'il te plaît, j'en ai besoin.
- D'accord. Alors, il devait être une heure du matin, j'étais en train de faire du vélo dans le port quand...
Et il me raconta notre histoire pendant des heures. Il m'avait même de nouveau embrassée pour me montrer ce que nous avions vécu. Nous avions ri. En partant voir Éloïse, je lui ai confié que certains moments me revenaient doucement en tête, mais c'était faux, je ne me souvenais de rien. Je lui avais dit cela pour le rassurer, mais en réalité, plus il me racontait notre histoire moins j'avais l'impression de me souvenir des événements passés. C'était comme si m'offrir un souvenir

m'en retirait un autre. Je me sentais complètement impuissante.

Je sortis de ma chambre et allai voir Éloïse. Elle voulait sans doute me reprocher d'être venue si tard, mais quand elle vit mes yeux, encore embués, elle ne prit pas la peine de le faire. Au contraire, elle me demanda si ça allait, je lui répondis que oui, que ça irait.
Nous avions visité le centre de Londres. J'y étais allée enfant, mais je ne me souvenais de rien. C'était absurde, j'avais l'impression que nous voyagions, comme si demain, à la même heure, je serai à nouveau à Bergen, le froid collé à ma peau, le soleil à peine levé au milieu de la journée entamant sa descente.
En fin d'après-midi, elle m'emmena vers le nord-est de Londres. Là bas, nous étions dans une avenue passante entourée de buildings à écouter les klaxons de taxis et les sirènes des ambulances. Elle m'emmena devant un hôtel.
- Tiens, vous me virez déjà ?
- Viens, m'ordonna-t-elle en ignorant ma question.
Nous traversâmes le hall d'entrée mais personne, étrangement, ne nous interpella, comme si nous avions toujours été ici. Au bout du couloir, elle ouvrit brusquement la porte. Elle paraissait sûre d'elle, elle devait avoir l'habitude de venir ici.
- Où est-ce qu'on est ?
- Chez nos meilleurs amis.
- Pardon ?
- Nos concurrents.

Je tentai d'effacer la surprise sur mon visage mais n'y parvint pas. Ils étaient plusieurs. Ils étaient peut-être même meilleurs.
- Pourquoi sommes-nous chez eux ?
- Tu es trop curieuse.
- Dans ce cas, je pars.
　　Elle rit.
- Tais-toi. Ne fais pas de bruit. Alors qu'elle marchait lentement, je vis qu'elle collait une arme sur sa hanche. Je me demandais si elle était chargée ou si elle était factice ; puis me rendis compte que ma pensée était bête, je n'étais pas dans un jeu. Je voulais juste te montrer leur repère, derrière cette porte, c'est comme chez nous, tu as tout un labyrinthe de leur réseau. Ces enfoirés ont même un lien direct avec le métro.

Je ne répondis pas. Est-ce que ce genre de réseaux existait aussi à Bergen ? Pourquoi n'y avais-je pas pensé avant ? Ils étaient invisibles et pourtant, ils régnaient sur le monde.

Nous restâmes très peu de temps là-bas, car à la minute où nous nous apprêtions à traverser le couloir un homme apparut au fond. Elle me prit par la manche et m'ordonna de courir. Je courus. Quand nous arrivâmes enfin en haut de la rue, j'eus envie de cracher du sang. J'avais terriblement mal à la tête. Je mis mes mains contre mon front et soufflai. Lis à côté de moi me posait un tas de questions, je l'entendais, mais je ne comprenais pas, j'entendais seulement le son de sa voix.

21

Quand je me réveillai, j'eus l'impression d'être à l'hôpital à nouveau. J'ouvris les yeux et ma respiration s'accéléra. Tout d'un coup, je sentis une main contre ma joue.
- Je suis là.
- Henry.
- Oui, je suis là.
- Qu'est-ce qui s'est passé encore ? Demandai-je épuisée, dépassée par tant d'événements.
- Te souviens-tu où tu étais ?
- Oui, nous sommes allés chez *les aigles*. Ne t'inquiète pas, je n'ai rien oublié.

Il semblait soulagé.
- Tu ne devrais pas retourner là-bas.
- Je suis épuisée, je n'en peux plus. Je n'ai plus la force de me battre. Je veux retourner chez moi. Chez nous.
- Il faut encore tenir un peu. Je ne peux pas te promettre que ce cauchemar se termine, mais je te promets d'essayer de rendre les choses plus faciles.

Une larme coulait sur ma joue. Je ne maîtrisais plus rien.
- Si vivre c'est ça alors…
- Ne dis pas ça. Tu me l'as promis, me coupa-t-il sèchement comme déçu par mes mots.
- Je mens. Souvent.

Il baissa les yeux, lui aussi fatigué sans doute, ne m'adressa pas un mot et partit en laissant un océan de douleur inonder mon visage. Mon crâne me faisait mal, je voulais fermer les yeux et ne plus jamais les rouvrir.

Henry

22

J'aurais pu, j'aurais dû lui dire que ça irait, que tout finirait par s'arranger, mais l'aurait-elle cru ? Quiconque vivant dans une pénombre si profonde ne croirait à ces paroles.

Ce qui m'effrayait le plus, c'est que je commençais à me sentir vide moi aussi. Après tout, elle avait peut-être raison. Quand elle était absente, je me demandais souvent pourquoi Dieu nous avait crée. Avait-il un but particulier en nous envoyant sur terre ? Est-il fier de nous ? Je ne trouvais plus de sens à la vie. J'avais déjà l'impression de l'avoir perdue, alors que je ne l'avais jamais eue. Elle avait appris notre nuit par quelqu'un d'autre. Quelqu'un d'autre lui avait avoué mon amour pour elle. Je n'avais même pas pu lui dire moi d'abord. C'était injuste. Le monde était injuste. Si Dieu existe vraiment, pourquoi rend-il malheureux des gens biens ? C'est la question que Stan me posait enfant quand je lui criais qu'il finirait en enfer. Je songeai parfois à avouer qu'il avait raison puis je prends peur et me dis qu'il n'est simplement pas maître de nos actions, que tout ça, on le mérite.

J'ai lu dans ses yeux, quand je lui racontais notre nuit, des étoiles, comme si elle visualisait chaque toucher, chaque baiser, chaque rire, chaque soupir. Elle m'avait promis d'essayer d'être heureuse, mais elle ne se souvenait pas de cette promesse et c'était sans doute le plus triste des sorts. J'étais en train de devenir fou. Fou de colère, fou de frustration, de douleur, mais fou d'elle aussi.

Deux semaines étaient passées depuis son arrivée et je voyais que Dalia s'habituait peu à peu à la vie souterraine de Londres. Elle n'avait pas l'air plus heureuse, mais feignait de l'être. Parfois, la nuit, quand tout le monde dormait, elle venait me voir et ne prononçait pas un mot. Ses yeux se plantaient dans les miens pendant des heures. Nous n'avions pas besoin de parler, ils étaient des océans d'émotions. Puis, elle plongeait dans mes bras. Enfin, elle se détachait et je sortais un manteau de mon placard, puis nous partions vers la Tamise toute la nuit. Les quais étaient devenus notre espace à nous, ils nous rappelaient sans doute le ponton de Bergen. En revenant, nous montions sur la terrasse de l'immeuble et admirions le lever du soleil en direction de la Norvège.

Souvent, Stan venait me voir le lendemain et me posait un tas de questions. Lui, contrairement aux autres, ne dormait que très peu, son sommeil était rythmé d'angoisses constantes.

Malgré tout, je sentais qu'elle tentait d'installer entre nous une distance et je ne comprenais pas. Je n'osais pas lui demander. Je voulais lui laisser son propre espace, sa liberté. Elle n'avait pas décidé de venir vivre ici, encore moins de vivre avec moi, je lui devais au moins cela, de la liberté, de la solitude.

Deux dimanches d'affilés, elle était partie sans prévenir personne, pas même Lis, avec qui elle était devenue amie. Quand elle revenait, la plupart du temps, elle était de mauvaise humeur et ne voulait pas en parler alors je n'insistais pas.
- Tu es fatiguée ?
- Non, tout va bien. J'ai l'air ?
Je ne répondais pas et lui souriais en l'embrassant sur la joue. Elle frissonnait.
- Je suis fatiguée oui, je vais aller dormir, déclara-t-elle en se levant de mon lit.
- Tu peux rester ici.
- Pardon ?
- Tu peux dormir ici.

Elle ne répondit pas, elle semblait surprise. Je tendis mon bras sur le côté du lit et comprenant mon invitation, elle se coucha, comme un enfant, en posant son visage dans le creux de mon cou. Mes doigts faisaient virevolter ses cheveux. Son souffle s'apaisait doucement, elle était si silencieuse, si douce. J'attendis d'être certain qu'elle dormit puis éteignis la lumière et fermai mes yeux à mon tour. Ensemble, nous aurions pu tout vaincre.

Dalia

23

- Ramène-moi d'autres infos, j'ai besoin de savoir sur quel marché ils veulent se lancer.
- Pour quand ?
- Demain.
- Très bien.

24

Certains souvenirs de notre nuit m'étaient revenus, mais je n'avais rien dit à Henry. Je nous revoyais en train de danser, nous avions l'air si heureux et libres. Henry ne ressemblait plus au garçon que j'avais rencontré cette nuit-là. Maintenant, il avait l'air d'avoir constamment peur. Peut-être portait-il un masque ?

Je commençais presque à m'habituer à ce nouveau train de vie. Je ne l'aimais pas, mais au moins, j'étais forcée de faire quelque chose. Je ne restai pas cloîtrée dans mon lit toute la journée, comme je le faisais à Bergen. Chaque matin, je me réveillais et je savais pourquoi. Avoir trouvé un sens à ma vie de cette façon peut paraître absurde, mais au moins, comme ça, je ne m'ennuyais plus. Je n'avais plus le temps de penser à la mort. À ma mort.

Nous étions déjà en février, un mardi soir. Je me rappelle être sortie dans la rue à la recherche d'une cabine téléphonique. Je voulais entendre la voix de ma mère. Je composai son numéro, pris une inspiration et rentrai dans la machine à peine deux livres sterling sachant que je ne lui dirai rien. La ligne sonna longtemps. Il était tard.
- Oui ?

Je ne répondis pas. Elle paraissait fatiguée.
- C'est moi maman.

Un terrible silence s'installa. Elle ne savait sans doute pas quoi dire, quoi faire : crier ? pleurer ? rire ?
- Comment vas-tu ?
- Bien. Tout va bien.
- Quand rentres-tu ?
- Je ne sais pas. De nouveau, ce silence de plomb s'immisça. Bientôt, j'espère.

Elle ne dit rien de plus, ne répondit pas à mes mots. J'eus à peine le temps d'entendre un sanglot s'échapper de sa gorge qu'elle avait raccroché. Je regrettais alors de l'avoir appelée. J'avais l'impression de ne pas lui manquée, comme si l'unique chose qu'elle souhaitait était que je revienne pour qu'elle puisse exercer son autorité à nouveau. Pourtant, toute mère aime son enfant. Pourquoi était-elle aussi froide ? Chaque jour, chaque semaine qui passait, j'avais l'impression de la décevoir un peu plus.

Le jour ne s'étant pas encore levé, je me dépêchai de rentrer. Là-bas, j'allai dans le bureau de Stan.

J'avais réussi à voler le double de ses clés à Lis alors qu'on mangeait en ville. Ayant trouvé les papiers que je cherchais, je pris mon téléphone pour faire des photos et remis tout en place. Je ne savais pas vraiment ce que je faisais, ni même pourquoi ou encore comment, mais je le faisais.

Je passais le reste de la journée avec Lis dans les hôpitaux de la ville afin de trouver de nouveaux clients dans les listes d'attente. Elle et moi rigolions beaucoup, j'avais gagné sa confiance assez facilement et même si je m'en servais quelques fois, j'étais sincère. Nous nous ressemblions et près d'elle, je me sentais réellement bien ; ce n'était pas qu'un masque. Quand je riais, je sentais mon cœur se réchauffer et le sien accélérer. Puis, quand nous arrêtions de rire, je regrettais mes actes et mes mensonges.

Le soir, elle me proposa de sortir. Je n'en avais pas envie, mais j'acceptai. Elle me promit qu'on s'amuserait. Nous nous étions préparées ensemble, en écoutant de la musique, en agissant comme si nos mains n'étaient pas pleines de sang. J'avais l'impression d'être encore dans un rêve. Arrivées dans un pub, je vis vers les tables du fond Stan, Henry et d'autres garçons. J'en voulais à Lis de ne m'avoir dit qu'une partie du projet. Cependant, après quelques bières, ma rancune s'était volatilisée et Stan me faisait presque rire.

J'ignorais Henry et lui faisait de même. Notre jeu était ridicule, nous échangions quelques regards, parfois nous riions aux mêmes blagues sans s'en rendre compte ou alors nous nous exaspérions à certaines remarques de nos proches. Lis et moi partîmes danser, nous nous immisçâmes dans la foule. Le mélange d'alcool dans mon sang et les flashes des lumières rendaient tout plus fictif. Je me laissai porter par la musique.

Henry

25

Elle était au milieu de la piste, entourée par une cinquantaine de personnes et pourtant, je ne voyais qu'elle. Elle détachait rarement ses cheveux depuis son arrivée ici. Pourtant, à Bergen, ils suivaient le rythme du vent. Ce soir-là, quand je l'avais vue arriver dans le pub, je n'avais pas pu m'empêcher de sourire, elle les avait de nouveau libérés.

Je faisais semblant d'écouter et de rire aux blagues ridicules de Stan sur les femmes, je repensais constamment à ce que le médecin avait dit : « pas d'alcool dans les six prochains mois si elle ne veut pas empirer son amnésie ». Dalia n'était pas du genre à respecter ce qu'on lui disait de faire et j'aimais cela chez elle, mais ce soir-là, j'avais peur. Alors, singeant que j'allais aux toilettes, je passai au milieu de la piste et lui fis comprendre, par un regard et ma main qui glissa discrètement dans le creux de ses hanches, de me suivre. Je vis qu'elle chuchotait quelque chose à Lis, qui, n'étant pas non plus dans son état normal se contentait d'exploser de rire et l'embrassait sur la joue. J'allai dehors prendre l'air. Je n'aimais pas ce que j'allais faire, j'aimais la voir libre, rire, elle était si belle. Je détestais me mettre dans cette position, je savais comment elle allait réagir. Dehors, sur le trottoir, elle me regardait, ses yeux pétillaient encore plus que d'habitude. Ses cheveux noirs brillaient eux aussi. Sa robe noire affinait parfaitement sa silhouette. Elle arriva, se concentrant sur sa marche, en riant. Je ne pouvais m'empêcher de rire aussi.

- Tu ne veux pas me parler devant les autres ? Rit-elle en s'approchant de moi.
- Tu sais très bien que c'est faux, lui souris-je en tournant moi aussi mon visage vers elle. Nous étions proches. Trop proches.
- Vous devriez venir danser, on s'amuse trop !
- Oui, on va venir mais...
- C'est vrai que ton truc à toi, c'est plus les danses folkloriques ! Me coupa-t-elle en explosant de rire. Elle tenta de m'imiter ridiculement en trébuchant. Je ne pouvais m'empêcher d'exploser de rire à mon tour aussi. Elle ne se rendait pas compte à quel point elle était drôle. Je l'attrapai par la taille avant qu'elle ne s'écroule.
- Merci.

Je la regardais, je mourrais d'envie de l'embrasser.
- Tu te souviens alors ?
- Oui.
- De tout ?
- Non, certaines choses me sont revenues. Comme la danse ! Elle tenta à nouveau de m'imiter mais je lui déconseillai.
- Ok, ok, ris-je. Je suis content que ça te revienne.

Elle ne répondit pas, elle se rapprocha de moi et posa sa tête contre mon épaule. Nous étions contre le mur, je tournai ma tête pour embrasser sa tempe. Elle était une véritable tempête.

- Le médecin t'a déconseillé de boire Dalia, osai-je.
- Qu'est-ce que ça peut bien me faire ? Demanda-t-elle calmement en gardant sa tête sur moi.
- Ton cerveau n'arrivera pas à se souvenir à nouveau de tout.
- Je n'ai pas envie de me souvenir Henry.

Sa réponse me fendit le cœur en deux. Pourquoi disait-elle cela ? Je pris sa tête entre mes mains et plongeai mon regard dans le sien, elle paraissait si malheureuse.
- Pourquoi ?
- Parce que ça me fait mal.
- Pourquoi ?
- Parce que ça me rappelle ce qu'on ne pourra pas être à nouveau.
- Pourquoi ?
- Parce qu'on ne reconstruit pas le passé.
- Mais…
- Non, Henry.
- Je t'aime.

Elle semblait vouloir crier qu'elle aussi, mais finalement, elle me tourna le dos et me dit en levant son cocktail par la main :
- Allons danser !

Je la suivis, les larmes aux yeux, brisé par sa passivité.

Dalia

26

Peut-on trahir tout en aimant ? Oui, je pense.

Henry avait raison, quand je m'étais réveillée ce matin-là, j'avais un mal au crâne terrible, je ne me souvenais plus de rien. Je m'empressai d'aller le voir. Devant sa porte, je ne frappai pas et rentrai directement. En me voyant entrer, il se leva brusquement et fronça les sourcils d'inquiétude. Il paraissait triste.
- Tout va bien ? Demanda-t-il sèchement, ce qui me surprit.
- J'ai oublié ce qui s'est passé hier soir, avouai je honteuse.

Il ne répondit pas. Il me fixait, l'air déçu.
- Raconte-moi.
- Tu t'es amusée. Tu as bu, dansé avec Lis et nous sommes rentrés vers cinq heures du matin.
- C'est tout ?
- Que veux-tu qu'il se passe d'autre ?
- Oui, c'est vrai, pardon, m'excusai-je, troublée par sa froideur.
- J'ai du travail, on se voit cette après midi pour la réunion.

Je ne répondis pas et partis. Avais-je fait quelque chose de mal ?

Chez les Aigles, Dalia et le chef.

- Donc ils ont passé un accord avec ces enfoirés à Manchester ?
- Faut croire.

L'homme explosa de rire, le même rire que Henry m'avait décrit quand il parlait de Stan.
- Qu'ils sont cons, ce sont des arnaqueurs ces types. Ils auront des armes pour trois fois plus chers que s'ils les achetaient à des partenaires français ou libyens. Enfin bref, je ne vais pas commencer à me soucier de leurs affaires, j'ai ce que je veux. Bon travail beauté, me remercia-t-il en caressant ma joue. Je m'écartai en balayant sa main.
- On ne m'a pas décrit une fille aussi prude, dis donc. Je lui souris faussement pour éviter de le baffer. Demain soir, il y a une grande réunion au Galvin At Windows entre les grands.
- Qu'est-ce que ça peut me faire ?
- Tu ne comprends pas. Quand je dis les grands, je ne parle pas que de moi, de nous.
- Quoi ? Tous les enfoirés de la ville se retrouvent pour faire la java maintenant ?
- C'est à peu près ça oui. On se met d'accord sur qui gère quoi pour éviter d'empiéter sur le commerce de l'autre. On se fait passer pour des commerciaux, des grands chefs d'entreprises.

- Génial, amusez-vous bien, ça a l'air cool comme jeu, lui confiai-je ironiquement.
- Tiens, tu attrapes vite la puce anglaise.
- Faut croire.
- Il y a une autre chose que tu ne comprends pas : tu es un pion dans ce jeu, m'annonça-t-il en me fixant dans les yeux.
- Alors je fais partie des plus grands, quel honneur !
- Je n'ai plus envie de rire. Tu choisis ton camp demain. Moi ou Stan.
- Je bosse pour aucun de vous deux.
- Dans tes rêves, tu as fait une grosse connerie en venant ici, éclata-t-il de rire. Tu aurais pu travailler dans un seul camp, maintenant, tu travailles dans les deux !
- Je choisis Stan.
- Je m'en doutais.
- Alors ça ne servait à rien de demander.
- Si, parce que j'ai une condition.

Je fronçai les sourcils ne comprenant pas bien ce qu'il négociait.
- Tu es avec Stan, tu continues de jouer avec ton blondinet, mais si la soirée déraille, si je suis en danger ou un de mes gars l'est, tu te joins à nous. Sans hésiter.
- Je ne joue pas avec lui.
- Tu lui mens.
- Je lui occulte la vérité.
- Tu lui mens.
- Pourquoi la soirée déraillerait ? Changeai-je de sujet.

- Parce qu'avec les papiers que tu m'as rapportés ce dernier mois, j'ai vite vu que Stan et moi misions sur les mêmes marchés et je gagnerai. Je gagne toujours.
- C'est étrange, Stan dit pareil.
- Ne sois pas si belle demain, je ne veux pas que tu attires l'attention.
- Compte sur moi.

Henry

28

Dalia était superbe ce soir-là. Elle avait enfilé une robe en satin couleur argent qui faisait ressortir parfaitement ses longs cheveux noirs qu'elle avait encore laissés libres. Elle avait entouré d'un crayon noir ses yeux, ce qui rendait son regard encore plus triste qu'à son habitude. J'avais envie de m'approcher pour l'embrasser et lui dire à quel point elle était belle, mais à la place, je plongeai mon regard sur son visage, la mâchoire serrée et les joues creuses. J'essayais de ne pas monter le rictus qui s'étendait sur mon visage quand je la voyais rire.

Elle avait gardé une seule et même coupe de champagne vide toute la soirée. Et pourtant, on n'arrêtait pas de lui en proposer d'autres. Je la voyais résister à la tentation de se resservir et surveillais de loin qu'elle ne succombe pas. Elle devait avoir peur. La semaine dernière, quand elle était rentrée dans ma chambre – les larmes aux yeux – en ayant oublié la soirée, j'étais rongé par la colère. Je lui en voulais de ne pas m'avoir écouté, ou peut-être de ne pas avoir répondu ce que j'espérais. Moi aussi j'avais peur. Dalia ne comprenait pas ce que c'était que d'aimer quelqu'un au point où imaginer sa propre mort devienne moins douloureux que d'imaginer la sienne.

June tentait de m'intégrer difficilement à la conversation qu'il entretenait avec Stan et *les aigles*. J'entendais une phrase sur deux, ils parlaient d'une entente, je crois, je ne comprenais pas grand-chose, je n'avais pas envie de comprendre. Si j'étais parti de ce monde, ce n'était pas pour en refaire partie.

Un important politicien de la ville finit son discours. Nous applaudîmes tous hypocritement. L'économie souterraine de Londres, contrairement à ce que l'on peut penser, arrangeait la plupart d'entre eux. Il y a trois ans, quand les trafics avaient été dénoncés, Stan avait signé un accord avec le maire pour continuer, en échange de donner une infime partie des profits pour les services de la ville. Cette même ville qui crie à l'agonie dans les médias quand une des affaires fait surface dans les journaux. Tous mentent. La corruption est partout, pas seulement dans les états totalitaires comme on aime nous faire croire.

Alors que nous nous remettions à parler affaires, motivés par Winston, Dalia s'approchait de nous, d'un pas motivé. Stan le remarqua aussi et avant même que quelqu'un parle, il l'invita à nous joindre.

- Winston, je te présente notre nouveau bijou : Strom.
- Enchanté mademoiselle, tenta-t-il en voulant baiser sa main ridiculement. Elle refusa ce qui me fit esquisser un sourire. Winston lui aussi rigola. C'était étrange, c'était comme s'il s'attendait à cette réaction de sa part. Pourtant, ce n'était pas une des plus communes.
- Vous avez vu Lis ? Demanda-t-elle en ignorant ce qui venait de se passer.
- Elle est allée fumer dehors, répondis-je sans la regarder.

- Merci.

Puis elle se volatilisa, comme elle le faisait toujours. June, Stan et Winston pouffèrent de rire.
- Je peux savoir ce qui vous fait rire ?
- Vous.
- Bien, merci.
- Il y a de la rancune dans l'air, balança Stan.
- Je pencherai plus sur de la colère, ajouta Winston. Peut-être même bien de la haine…
- C'est bon les gars, c'est drôle deux secondes, les calma mon frère. Je ne sais pas quel élan de bonté lui prit pour dire cela. Henry, va la rejoindre, on doit parler d'un truc sérieux.

Je ne comprenais pas et n'appréciais pas qu'il me parle comme si j'avais encore seize ans, mais partir m'arrangeait, alors je hochai la tête et partis vers la terrasse du restaurant.

En passant, je pris deux amuses-bouches : un à la framboise, l'autre à la pistache. Elle était dehors. Son écharpe entourée autour de son cou pour éviter que le froid ne l'irrite. Elle rigolait avec Lis.
- Henry ! Comment ça va ? Lança joyeusement Lis. Oh, tu nous as rapporté des gâteaux, il ne fallait pas ! Cria-t-elle en s'enfilant celui à la framboise.
- Ahah, oui Lis.
- Tiens 'Lia, t'aimes bien la pistache j'espère ?
- Oui, c'est mon goût préféré, avoua-t-elle en me regardant. Je lui souris. Elle savait que c'était pour moi une façon de me faire pardonner ma froideur de l'autre jour. Je connaissais Dalia mieux que quiconque et elle

le savait. Après avoir parlé une dizaine de minutes avec les filles, Lis me fit un clin d'œil et s'enfuit. Je soufflais.
- J'aurais préféré la framboise.
- Je sais, mais elle se l'est enfilé si vite que je n'ai rien pu faire, avouai-je en riant. Elle explosa de rire à son tour en me remerciant. Elle me regarda, les yeux humides par le vent froid de février, comme si elle voulait m'avouer quelque chose.
- Oui ? L'encourageai-je.
- Je te jure que j'essaye.
- Essayer quoi Dalia ?
- D'être heureuse.

Mon cœur se bloqua tout un coup. Elle se souvenait, enfin, elle se souvenait de ce qu'elle m'avait promis. Je soufflai et plaçai ma main sur ses cheveux.
- Je sais. Approche. J'entourai mes bras autour de son dos et elle posa sa tête contre mon torse. Tu es divine ce soir, tu y arriveras. Je suis là. Pour toujours.

Elle ne répondit pas mais détacha sa tête de mon torse et vint poser ses lèvres gelées contre les miennes, qui d'un seul coup, se réchauffèrent. C'était sa façon à elle de me dire qu'elle m'aimait. Elle n'utilisa pas de mots, mais ses lèvres parlaient pour elle. Sa douceur, son calme d'après tempête valaient tous les mots du monde.

Cependant, alors que la paix semblait enfin nous avoir trouvés, nous sursautâmes ensemble en entendant le bruit d'un pistolet se déclencher. Il provenait de l'intérieur. Puis un autre.

- Dalia, tu me suis, lui ordonnai-je voulant la protéger. Mais elle n'était plus là, j'avais à peine eu le temps de me retourner qu'elle s'était enfuie tel un éclair.

Je courus vite à l'intérieur. Là-bas, Stan avait déjà son pistolet chargé prêt à tirer sur un homme de Winston. Lui, le sourire jusqu'aux oreilles, fier d'avoir commencé ce que tout le monde attendait. Je ne parvenais pas à trouver Dalia. Je regardais partout autour de nous mais je ne voyais rien. Tout était flou. Tout le monde courait pour rejoindre son équipe. Nous étions tous préparés à ce genre de moment et pourtant, à chaque fois que cela arrivait, la peur de mourir prenait le dessus sur la raison. Tout d'un coup, je vis des cheveux noirs derrière la silhouette de Winston, c'était elle, j'en étais certain. Je priai Stan d'arrêter ce carnage, je lui dis que cela ne servait à rien. Je voulus courir la rejoindre mais June me retint. Alors que mon regard plongeait dans celui de mon frère, Stan rompit le désordre.

- Ils ont rompu la seule chose qui nous unissait.
- Quoi ?
- Un contrat. On s'était mis d'accord pour ne pas empiéter sur notre plus gros partenaire et en apprenant nos nouveaux investissements, ces enfoirés ont proposé mieux que nous. Tout ça parce qu'ils ont plus d'argent. Tout mon travail, mes sacrifices, tous foutu en l'air ! Stan criait. Je ne l'avais jamais vu hors de lui ainsi. Il m'effrayait. June lui aussi s'était écarté et il m'avait demandé de faire de même en me disant qu'il pourrait tirer sur quiconque.

Selon lui, Stanislas avait sacrifié sa vie pour ses marchés, il n'avait qu'une seule raison de vivre, c'était cela et les perdre le rendait fou. Pourtant, ce n'était qu'un contrat, il y en avait un tas d'autres, mais celui-ci, c'était la goutte de trop. Je ne comprenais pas les justifications de mon frère alors au lieu de me taire, je criai moi aussi à mon tour.
- On s'en fout putain ! Tout ça pour des foutus accords, mais qu'est-ce que le pouvoir peut vous rendre cons ! J'étais à bout de force.
- Toi, je veux pas t'entendre parler ! Me menaça-t-il en pointant son flingue vers moi. Cette fille t'a rendu complètement fou ! Enfoiré, regarde là ! Si on en est là, c'est de ta faute.
- Qu'est-ce que tu racontes ? C'est toi qui l'a ramenée ici, personne ne t'a jamais rien demandé. J'étais heureux là-bas, elle l'était. Si tu perds, tu auras perdu tout seul. S'il y a un méchant dans l'histoire, c'est toi Stanislas, pas moi.
- Très bien, tu l'auras voulu. Regarde.

Il n'attendit pas plus, il brandit son pistolet et tira au hasard sur un homme en face. Je sortis moi aussi alors une arme. N'étant pas maître de mes actions, je m'approchai de Winston et le plantai inconsciemment contre sa tempe.
- Relâche-la et il n'y aura pas plus de sang qui coulera ce soir, le menaçai-je.

Il explosa de rire.
- Putain mais qu'est-ce que tu es naïf, tu l'as toujours été. Si elle ne voulait pas être là, elle ne le serait pas.

- Tu n'es qu'un enfoiré, ne l'approche pas.
- Très bien.

Il invita Dalia à me rejoindre, mais elle ne bougea pas. Je ne comprenais pas, qu'attendait-elle ? Winston se décala alors pour me laisser entrevoir son visage. Je vis les larmes lui monter aux yeux, puis une couler. Jamais elle ne s'était montrée en position de faiblesse ainsi devant tant de gens.
- Je suis désolée Henry, sincèrement désolée.
- Je ne comprends pas.
- Si tu comprends, lâcha-t-elle, les larmes coulant à flots sur ses joues. Je voulus les lui sécher, mais mon corps ne bougeait pas.
- Je t'avais bien dit petit de ne faire confiance à personne, ajouta Stan dans le fond.

Je regardais June, le regard vide. Il me fit comprendre par un hochement de tête qu'il serait là, seulement, qu'en attendant je devais me battre et tirer. Alors je me retournai et je vérifiai que Dalia n'était plus derrière Winston et sans hésiter, tirai deux balles en plein dans son cœur. Il s'écroula à terre.
- Rentrons. Le jeu est fini, dis-je pour clore la soirée.

J'allai chercher ma veste, l'enfilai en marchant et claquai la porte sans montrer mon visage. Cette nuit-là, un océan s'était déversé sur mon visage, mon cœur s'était brisé. Je ne comprenais pas pourquoi elle m'avait menti à moi. Je voulus crier de rage, mais ma douleur était si profonde qu'au lieu de ça, je m'écroulai dans la rue, devant les regards des passants, et me laissai me faire détruire sous les bourrasques de vent et les torrents déchaînés par la pluie.

Dalia

29

Cela faisait trois jours que je n'étais pas sortie du sous-sol de l'hôtel, j'avais tellement honte que croiser un seul regard me ferait tomber. Winston n'était plus là, mais son meilleur ami avait pris sa position sans aucune peine. Assoiffé de pouvoir, il avait presque l'air de se réjouir de la mort de son ami. L'ambiance était encore plus pesante qu'avant, il n'y avait plus de loi, c'était celle de la nature. Les hommes et femmes autour de moi étaient fous.
- Dalia, m'interrompit une femme qui travaillait pour lui, le chef veut te voir dans son bureau. Maintenant.
- Je n'ai pas la force.
- Je crois que tu n'as pas le choix, je resterai derrière la porte.

J'enfilai un pull trop grand et effaçai quelques traits de mon mascara qui avait coulé.

En arrivant à son bureau, il tourna sa chaise. Son regard se planta sur ma poitrine.
- Tu aurais pu t'habiller un peu plus sensuellement pour moi, mais bon c'est déjà pas si mal.

Je n'avais pas la force de me battre. Il m'effleura en se dirigeant vers la porte pour la fermer à clé. Mon souffle s'accéléra. Il revint vers moi et s'arrêta derrière, je sentis son odeur de tabac froid derrière mon dos. J'en avais des frissons. Il caressa ma nuque et attrapa mon collier. Je ne bougeai pas, incapable de ré-

agir. Il me susurra alors quelque chose d'affreux à l'oreille, je ne me souviens pas quoi. Pourquoi mon corps ne réagissait-il pas ? Il me suffisait de crier, de dire non. Mais rien de tout cela ne voulait sortir. J'étais pétrifiée. Il passa alors une main sous mon pull. Sa peau effleurait la mienne. Mon cœur voulait lui crier d'arrêter, mais mes membres ne bougeaient pas d'un seul centimètre. Je n'avais plus l'impression d'être humaine. Mon corps se comportait comme lui le voulait. Alors il me toucha les seins, il commença à m'embrasser la nuque tout en descendant son autre main entre mes cuisses. Je me sentais sale. J'avais l'impression de n'être qu'un objet.
- Tout va bien ? Demanda la femme derrière la porte.
- Oui, répondit-il, on parle de son nouveau contrat, elle en est très contente. Tu peux aller à ton poste. Elle partit, n'imaginant pas ce qu'il se passait. Une fois certain que plus personne n'était là, il déboutonna mon jean.
- Je sais que tu en as envie, j'ai vu comment tu me regardais à la soirée.

Je ne fus pas capable de répondre à cela non plus. Je n'avais même pas remarqué cet homme avant la mort de Winston.

Il baissa à son tour son pantalon, puis chercha un préservatif. Il me poussa brusquement contre son bureau. J'essayai pour la première fois de l'en empêcher en bloquant sa proximité avec mon coude mais il me dit :
- C'était bien jusque là, ne gâche pas tout.

Puis sans rien dire d'autre, il me pénétra. J'avais terriblement mal, il était si brusque. Il tirait mes cheveux au point d'en arracher. Il faisait du bruit, tout le monde pouvait entendre, mais personne n'intervint. L'homme n'entendait pas mes sanglots sans doute. Il ne voyait pas le flot de larmes couler sur mon visage. Quand il éjacula enfin, il relâcha la pression contre mon bassin, me laissant m'écrouler au sol. Il remit son caleçon, remonta son pantalon et referma sa braguette comme si rien de tout cela n'était arrivé. Il me regarda pour la première fois.
- Rhabille-toi, j'ai un rendez-vous dans deux minutes. Et sèche tes larmes avant de sortir, je ne veux pas qu'on croit que je t'ai violé ou quoi.

J'étais abasourdie pas ses paroles, incapable de riposter, complètement choquée. Je ne séchai pas mes larmes et courus dans ma chambre. Là-bas, j'allumai une douche brûlante, je frottai le savon sur ma peau de toute ma force au point d'y laisser apparaître des traces de sang. Je pris mon rasoir, mon poignet et appuyais de toutes mes forces. Je me sentais si salie. Impure. Je pleurais. Mon ventre me faisait mal, mon crâne m'envoyait des coups de couteau à chaque respiration, je manquai d'air. Je n'arrivais plus à distinguer, les yeux floutés par les larmes et la vapeur, le sang de l'eau par terre. En sortant de la douche, je me regardai dans le miroir. Je ne voyais qu'une enflure, qu'une femme qui venait de se faire marcher dessus. Je ne pouvais plus me regarder dans les yeux. Je m'écroulai au sol. Je voulais me laisser mourir.

30

Le lendemain, je me réveillai toujours au sol. Je pris le peu d'affaires que j'avais ici et allai voir la femme qui aurait dû attendre hier. Quand elle me vit, elle comprit.
- Je suis passée par là aussi. Tu oublieras.

Parce qu'elle était passée par là, cela signifiait-il qu'elle pouvait laisser d'autres femmes en souffrir ?
- Je pars. Je ne reviendrai plus. Tu lui diras que je ne dois plus rien ni à lui, ni aux autres, à personne. Je vous déteste du plus profond de mon être.
- Je suis désolée que ce soit arrivé.
- Tu ne penses pas un seul de ces mots. Essaye de ne pas refaire la même connerie pour la prochaine fille qui sera là.
- Elle saura peut-être se défendre, elle au moins.
- Parce que ça changerait vraiment quelque chose ?

Elle ne répondit pas, comme si ma question lui avait fait prendre conscience de la réalité.

Je passai le reste de la journée à errer dans la ville. Je la voyais différemment. Sans vie. Elle était tout aussi sale que moi. Les gens autour riaient, ils ne se rendaient pas compte de la grisaille des immeubles. Je m'assis sur un banc près de St James Park et décidai d'envoyer un message à ma mère. Je lui dis que tout allait bien, que je n'étais plus en danger ; qu'ici, j'allais tenter de trouver un travail mais que je reviendrai bientôt. Elle ne répondit jamais à ce message. Le soir, j'allai dormir dans un hôtel et restai enfermée dans cette chambre plusieurs jours. Je me sentais si seule. Le sourire de Henry me revenait parfois en tête et avant que je ne pleure, je prenais un médicament qui me faisait dormir. Quand il apparaissait dans mes rêves, je me réveillais en sursautant, comme si, comme les autres fois, il me prendrait dans ses bras et me dirait qu'il m'aime et que tout ira mieux. Sauf qu'il n'était pas là, il n'y avait personne, plus personne. C'était moi et mes démons en guerre.

Après ne pas être sortie pendant une semaine, une femme de ménage de l'hôtel, qui chaque matin me voyait au même endroit que le matin précédent, me conseilla d'aller prendre l'air. Elle me l'avait dit d'une façon si douce, comme une mère qui s'inquiète pour son enfant. Je partis alors dans une petite rue. Là-bas, j'allai boire un café. Il y avait autour des tables des livres partout, ils n'étaient pas à vendre, mais tous ceux qui s'arrêtaient pouvaient en emprunter un et le lire. La pièce était calme, je me sentais mieux. Alors que je finissais mon premier café tout en lisant un roman de D.H Lawrence, je vis du coin de l'œil une annonce qui proposait un emploi ici. À ce moment-là, je ne me sentais pas encore capable de repartir vivre à Bergen, je décidai donc d'inscrire mon numéro sur le papier.

Alors que j'essayais de m'appliquer à écrire lisiblement, j'entendis derrière moi un garçon tousser. Je me retournai. Je fis semblant de sourire en comprenant

que lui travaillait ici, mais à peine quelques secondes après, je me rendis compte que ce sourire n'était pas une facette, mais il était bien réel. Il avait l'air drôle, il avait l'air simple. Vêtu comme un garçon des années cinquante, il portait une salopette ainsi qu'un béret. Ses yeux étaient tout aussi noirs que les miens. Sa dentition était légèrement tordue, mais ses lèvres rendaient son sourire étrangement beau.
- Tu es prise.

Je ris. C'était absurde, il y avait une dizaine de noms inscrits sur cette fiche, pourquoi moi ?
- Quel est ton auteur préféré ?
- C'est difficile de répondre, lui reprochai-je en riant.
- Deux alors.
- Camus et Karine Tuil, une auteure française.
- Intéressant. C'est vrai que les Français sont les meilleurs là-dedans. Allez viens, je te montre le fonctionnement du café en attendant plus de monde, lança-t-il, enthousiaste, comme si nous nous étions toujours connus.

Il s'appelait Daniel, il aimait les hommes. Cela peut paraître étrange de le présenter de cette façon, comme si c'était son identité, mais il l'avait fait. Pourtant, je n'y avais plus pensé, je n'arrêtais pas de me dire à quel point c'était fabuleux tout ce qu'il avait fait. Il n'avait que vingt-cinq ans et avait ouvert son propre café, par ses propres moyens, en suivant sa passion. Il m'avait rassurée sans même le savoir, je me dis que ce n'était pas grave de ne pas savoir quoi faire comme études, peut-être que je n'étais tout simplement pas faite pour cela. Peut-être que j'étais destinée à cela moi aussi : trouver une voie unique. Daniel avait réussi à ensoleiller une journée orageuse. Son énergie était presque du genre à fatiguer si l'on restait trop avec lui, mais je me rappelle avoir apprécié cela chez lui instinctivement. Il était ce dont j'avais besoin.

Le café ouvrait tous les jours à onze heures car il aimait dormir, mais fermait tard, il m'avait dit faire selon l'envie des clients. Si un client arrivait vers vingt heures, alors il l'acceptait, heureux. Il m'avait confié que le café ne servait pas d'alcool avant six heures du soir, mais qu'à partir de cette heure-là, si les gens paraissaient heureux, il faisait venir un groupe de musique et commençait à servir des pintes. Ce café vivait à l'allure des Londoniens. Si Londres était éveillée, alors les grains étaient moulus à plein régime, si Londres dormait, alors il débranchait les machines et partait dormir. C'était cela, selon Daniel, la liberté.

Malgré tout, j'étais épuisée. Mentir une après-midi entière sur mon état nécessitait toujours une grande force mentale, mais je vis dans ce lieu et en lui une telle opportunité de reconstruire ma vie que j'acceptai. Le soir, en revoyant ma signature sur le contrat qu'il venait d'imprimer, je souris et repensai à ma discussion avec Henry : était-ce Dieu qui m'avait envoyée là-bas ?

Henry

31

La douleur est parfois le témoignage silencieux de l'amour profond qui lie les âmes. Une preuve que l'on ne souffre que pour ce qui est véritable.

J'avais découvert un livre. Dans ce roman, j'y avais trouvé l'amour, la confiance. À chaque page tournée, je n'avais pas peur, je me perdais un peu plus. Puis, sans même changer de chapitre, tout a disparu. J'avais beau le voir, le sentir ou prier, dans mes mains, ce n'était plus le même livre. Je voulais le déchirer, même le brûler jusqu'à ce que je ne vois plus aucune lettre inscrites sur la couverture ; mais le feu ne s'allumait pas. J'avais beau souffler, mes larmes éteignaient l'unique étincelle qui tentait en vain de s'allumer.

Ce qui me rongeait le plus dans cette histoire est que j'attendais désespérément son retour. Plus les jours passaient, plus je me détestais moi-même de continuer à l'aimer.

Je ne comprenais pas pourquoi elle avait fait ce choix. Je ne pouvais dès lors pas l'accepter. Rien, ni personne ne l'avait forcé. Elle était allée les rejoindre de son plein grès. Plonger droit en enfer. Elle s'était jetée dans la gueule du loup.

32

Alors que j'étais plongé dans mes pensées, quelqu'un toqua à la porte. C'était June.
- Je peux rentrer ?

Je ne comprenais pas non plus pourquoi il était si attentionné avec moi après tout ce qu'il avait fait. Après tout, si nous en étions là aujourd'hui, c'était en partie sa faute. Il ne l'avait jamais été, s'était toujours comporté comme un égoïste, pourquoi essayait-il de m'aider ? Pensait-il que j'avais besoin d'être sauvé ?
- Oui, répondis-je sans le regarder.
- Tu veux en parler?
- Pourquoi le ferai-je avec toi ? Le questionnai-je agacé.
Il prit du temps à répondre, comme s'il avait été blessé par ma réponse, mais finalement, sans lever son regard vers moi et d'une voix grave, il avoua :
- Parce que je suis la seule famille qu'il te reste. Il n'avait pas tort, je n'avais plus rien. Elle non plus. Nous avions encore moins que quand nous nous étions rencontrés alors que nous nous étions pourtant promis l'inverse. C'en était risible.
- Je ne sais pas quoi dire.
- Je comprends. Il s'assit sur mon lit, prit un livre dans ses mains et joua avec pour se détendre. Quand j'avais quatorze ans, je suis tombé amoureux d'une fille. Elle s'appelait Rose. J'étais fou d'elle. J'étais devenu complètement dépendant d'elle, de son bonheur. Si elle était heureuse alors je l'étais, mais si elle était triste, je

l'étais aussi, pareil pour la colère, pour tout. L'amour devient dangereux quand il t'impose de faire des choix, de dire des choses que tu n'aurais pas dites en temps normal. Elle était le genre de fille parfaite, maman l'avait rencontrée une fois, elle l'avait adorée. Elle était pétillante, attentionnée et surtout très drôle, développait-il le sourire aux lèvres. Je ne pensais pas que June pouvait sourire ainsi. Elle était le soleil, la nuit et les étoiles. Puis, j'appris plus tard que Rose avait un frère. Ce frère, il s'appelait Stanislas, m'annonça-t-il en enfonçant son regard dans le mien. Je n'en revenais pas. Elle m'a entraîné très rapidement dans ses chutes. Elle m'a fait fumer mes premières cigarettes, m'a fait découvrir le sexe, le désir, mais tout ça, ça avait un prix. Elle m'a aussi entraîné, quand j'avais gagné sa confiance, dans le cartel. En plus, Stan, m'avait promis un refuge, un salaire. Pour moi, à ce moment-là, c'était une proposition en or, je ne pouvais pas la refuser, tu comprends ? Maman ne voulait plus me voir, j'étais fauché et qui voudrait d'un gamin de quinze ans dans son entreprise. Alors, perdu et amoureux, j'étais prêt à tuer n'importe quel homme pour elle et ses affaires. Elle me manipulait constamment mais aveuglé, je ne le voyais pas. Pour elle, j'ai taché mes premières mains de sang de gens innocents et le pire, c'est que j'en étais fier. C'était comme ça pendant des mois… Il s'arrêta net de parler en baissant à nouveau son regard dans le vide. Puis du jour au lendemain, elle s'est suicidée. Sans rien me dire, personne n'avait rien vu venir. Elle m'avait laissé, moi, seul, dans ce monde. Je l'ai détestée longtemps. Encore aujourd'hui, je lui en veux de m'avoir lâchement abandonné. J'avais l'impression qu'elle s'était servie de moi, de n'être qu'un moyen pour atteindre ses fins. Après tout, c'était peut-être le cas, mais j'étais amoureux putain ! Amoureux... c'est si mal que cela ?

Mon frère me demandait cela les larmes aux yeux. Je voulais pleurer avec lui, mais aucune larme ne coulait. Il retirait enfin son masque.
- Je cherchais une Rose dans chaque personne que je rencontrais. Je l'ai cherchée partout. Je cherchais la forme de son corps dans les nuages, je cherchais sa chaleur quand le soleil me brûlait la peau, je cherchais l'odeur de ses cheveux quand il pleuvait, son visage dans la fumée de mes cigarettes. Partout où j'allais, je ne cherchais qu'elle, je ne voyais qu'elle car je pensais qu'elle n'était pas vraiment morte, qu'elle reviendrait. Je te raconte ça Henry pour te montrer que tu n'es pas seul. Offrir sa confiance à quelqu'un et se faire avoir, tout le monde l'a fait, même l'homme le plus puissant au monde. Et je suis tellement, mais tellement désolé, de l'avoir entraînée dans notre histoire...
- Pourquoi ne m'as-tu jamais parlé de cette fille ?
- Je n'en ai jamais eu l'occasion, tout simplement. Ce n'est pas le genre de choses dont on parle en repas de famille, répondit-il en souriant faussement.

J'acquiesçai en hochant la tête. Son histoire m'avait bouleversé, il n'était plus le même à mes yeux. Je voyais June comme un monstre, un égoïste, un homme qui n'éprouvait ni peine ni pitié, comme s'il était mort

de l'intérieur mais finalement, il était comme moi, comme elle, comme nous. Il était humain.
- Je te remercie.
- Tu devrais aller la voir quand tu seras prêt.

Je relevai mon regard vers lui surpris par son conseil. Il venait de faire un éloge à la trahison, il venait de m'avouer, que même après des années, il continuait de détester cette fille, Rose, et pourtant, il me demandait d'aller voir Dalia.
- Les regrets sont encore plus douloureux que la haine.
- C'est vrai ?

Il ne répondit pas. Il s'avança vers moi. Il était légèrement plus grand que moi. Il me regarda et me prit dans ses bras. Dix ans, dix ans que mon frère ne m'avait touché autrement que pour me frapper. Dix ans. Et il pleurait.
- J'ai lu dans ses yeux qu'elle t'aimait Henry. Je te le jure.
- Tu sais que je déteste les faux espoirs. L'espoir fait mal.
- Mais l'espoir est l'unique chose qui fait vivre idiot, conclut-il la conversation en me desserrant.

33

Le lendemain de notre discussion, j'avais envoyé un type dans la rue demander après elle à l'hôtel. J'avais attendu bêtement dans la ruelle de derrière – ne pouvant me montrer après ce qu'il s'était passé – de ses nouvelles. Quand l'homme était revenu, il m'avait rapporté les paroles d'une femme : Dalia n'était plus là, elle avait quitté l'hôtel. Je demandai alors au garçon s'il savait où, mais il me répondit qu'il ne savait pas. Je n'insistai pas, cela n'aurait servi à rien, et le remerciai avant de partir. Était-elle repartie à Bergen ? Sans doute. Elle n'avait plus rien à faire ici. Pourtant, à Bergen, elle ne s'y sentait pas bien non plus. Connaissait-elle seulement un endroit dans le monde où son âme serait apaisée ?

Je n'avais pas envie de rentrer après mon excursion, je partis donc me promener dans le quartier. Après avoir fait quelques tours, je m'assis sur un banc et écrivis une lettre à mon père. Je lui avais toujours reproché d'être parti du jour au lendemain sans rien dire, mais j'avais commis la même erreur. La culpabilité me rongeait. Avant ce jour-là, je n'avais pas pensé à lui depuis mon retour, pas même une seule seconde. Après avoir posté la lettre, je marchais vers le parc d'Hampstaed Heath quand soudain, mes pensées s'illuminèrent à nouveau, comme si jusqu'à maintenant, je n'avais pas été conscient. Maman. Ma mère était enterrée ici. Elle aussi, je l'avais oubliée. Ma culpabilité se transformait en honte. Je me dépêchai d'aller acheter des fleurs au bout de la rue et allai au cimetière. Arrivé devant sa tombe, je fus surpris. Elle était en parfait état. Je regardais autour de moi, les autres n'avaient pas la même chance. Une vieille dame, une canne dans la main et un parapluie dans l'autre, passait derrière moi alors je l'interpellai.

- Excusez moi, madame ?
- Oui jeune homme ?
- Il y a-t-il un service de nettoyage des tombes dans ce cimetière ?
- Oh non ! Rigola-t-elle. Je serai bien moins fatiguée si c'était le cas ! Et mon mari bien moins sale ! Rit-elle. Pourtant, c'était triste.

Je lui souris et la remerciai. Elle reprit son chemin et je me retrouvai donc seul à nouveau. La nuit allait bientôt tomber.

Si la tombe était dans un si bon état, il y avait forcément quelqu'un qui l'entretenait et ce n'était pas moi. Je sortis alors mon téléphone.
- Oui ?
- June, c'est moi.
- Tout va bien ? Où es-tu ?
- Oui tout va bien ne t'inquiète pas. Je suis allé voir maman.
- Ah. Il paraissait surpris.
- Tu y passes parfois ?
- Oui. J'essaye d'y aller une fois par mois.
- Tu aurais dû me le dire. Je pensais qu'elle et toi vous vous détestiez, qu'avant sa mort vous vous étiez criées dessus, que...
- Toute mère aime son enfant et tout enfant aime sa mère Henry, me coupa-t-il. Si j'ai bien un regret, c'est de ne pas avoir pu lui dire à quel point cet enfant en moi l'aimait avant qu'elle ne meure.
- Merci.

- Pourquoi ? J'y jette seulement un seau d'eau tous les trente jours.
- C'est déjà beaucoup. Le fait qu'un de nous ne l'ait pas oubliée me fait me sentir mieux.
-Tu ne l'as pas oubliée Henry, tu as juste appris à vivre sans elle. Tu devrais rentrer, tu es parti tôt ce matin, tu vas être fatigué.
- Je vais passer boire une bière et je rentre.
- Bien.

Avec du recul, l'unique chose positive que m'avait apporté cette immense douleur était que mon frère et moi nous étions réconciliés. De nos faiblesses, nous en avions fait notre force. Je ne pensais pas avant cela que les gens pouvaient changer. Mon frère avait toujours été pour moi une angoisse. Quant à Bergen, il avait écrasé Dalia sur la route, j'avais à peine été surpris. À mes yeux, il était le méchant de l'histoire. En réalité, il n'y avait ni méchant ni gentil, nous étions tous l'ennemi de quelqu'un.

En revenant vers Westminster, je passai par une ruelle éclairée. Je l'empruntai rarement et alors que mon regard découvrait la rue de gauche à droite, une ombre que je connaissais apparut dans un coin. C'étaient ses cheveux. Ses cheveux noirs. Je me cachai derrière un mur et l'observai. Elle riait, derrière le comptoir d'un pub, elle parlait avec un autre garçon qui semblait la rendre heureuse. Elle servait une dame qui semblait elle aussi amusée par leur discussion. Ses yeux étaient enrobés d'un noir abyssal dessiné au crayon. Elle paraissait se sentir bien dans cet endroit. Soudain, l'homme à ses côtés détourna son regard vers la fenêtre, se sentant sans doute observé. Je partis.

Dalia

34

- Et là, l'homme me donne un chèque et au dos il avait écrit son numéro ! Explosa-t-il de rire.
- Et tu as fait quoi ?
- Je ne l'ai jamais rappelé.
- Mais ! C'est tellement dommage, m'exclamai-je.
- C'était dans un moment de ma vie où j'avais besoin d'être seul, je ne pouvais pas me permettre de m'engager, je lui aurais fait du mal.
- Je comprends. Mais tu n'as pas essayé depuis de reprendre contact avec lui ?
- Non, enfin, je l'ai revu il y a peu. J'étais en train de faire mes courses et je l'ai vu au rayon des fruits.
- Oh comme c'est romantique ! Ironisai-je. Il me sourit.
- Je me suis dépêché de tout acheter. Je crois même que ce jour-là, j'avais barré sans même m'en rendre compte des dizaines de lignes sur ma liste, alors que je n'avais rien acheté. J'étais arrivé à l'appartement, et je n'avais rien à me faire à manger. J'avais ri. C'était ridicule.
- Tu penses que lui aussi t'avait vu ?
- Oui. Enfin, je sentais un lourd regard sur moi, comme si l'on m'observait.
- C'est bête.
- Oui, aujourd'hui je regrette. J'aurais dû aller le voir.

Je réfléchissais tout en me servant une bière. Je lui en servis une à mon tour puis nous trinquions à notre amitié.
- Tu sais quoi ?
- Dis-moi, demanda-t-il curieusement.
- Je pense que tu devrais le rappeler. Je suis prête à parier que tu as gardé ce papier.
- C'est vrai oui.
- Appelle-le alors ! L'encourageai-je en riant.
- Tu penses ?

Je hochai la tête et bus une gorgée. Alors que le dernier client claqua la porte, Daniel me proposa de venir chez lui. J'étais fatiguée, je voulais rentrer à l'hôtel, mais, me promettant d'y trouver une superbe focaccia, j'acceptai.

En arrivant chez lui, il me servit un verre de vin rouge puis nous dégustâmes le pain. Il était très bon et je passais un délicieux moment. Il était un garçon simple, avec lequel il n'était pas nécessaire de réfléchir à un sujet de discussion, avec qui on pouvait rire ou encore bailler sans qu'il ne se sente vexé. C'était une amitié pure, sans jalousie, ni complexe, c'était simplement de l'amour, du respect, de la bienveillance.

En partant, il devait être trois heures, Daniel me demanda où je logeais. Ne voulant pas lui mentir, je lui dis que je vivais à l'hôtel, mais que je cherchais un appartement à louer. Il sembla surpris par ma réponse et me demanda pourquoi. Je décidai de tout lui expliquer. Alors je lui parlai de ma mère, de Bergen, tout ce qu'il savait déjà, puis m'aventurai dans le vif du sujet, lui expliquant la raison de mon arrivée à Londres, les problèmes que cela m'avait posé, les personnes que j'avais rencontrées. Daniel faisait une tête terrible, comme s'il ne s'imaginait pas toute cette vie souterraine londonienne et j'aimais cela. Son ignorance me rassurait quant à la mienne d'autrefois.

Vers six heures du matin, nous étions encore assis en tailleur sur son canapé, ma tête contre son épaule, une couverture qui couvrait à moitié nos corps. Il me proposa un café que j'acceptai.
- Je pense que tu devrais appeler ta mère, simplement, pour prendre de ses nouvelles.
- Tu as sans doute raison. Je le ferai demain. Je vais te laisser, on se voit lundi. Bonne nuit Daniel !
- Il est six heures…
- Et alors ? En Norvège, il fait encore nuit…
- Je ne regrette absolument pas de t'avoir choisie, me répondit-il comme s'il me livrait un grand secret.

Je lui souris, ne sachant pas montrer à quel point sa remarque m'avait touchée, et fermai la porte. Sur le palier, une larme coulait sur ma joue. Je me sentais aimée. Ce n'était pas le même amour qu'avec Henry, peut-être moins intense, passionnel, mais c'était de l'amour. J'avais passé une soirée formidable et ne me sentais pas fatiguée. En sortant dans la rue, le soleil se levait à peine, et alors que je souriais bêtement, je ne pus m'empêcher de me demander : était-ce cela la vie simple ? La vie heureuse ?

- Dalia, sourit ma mère.
- Comment ça va ?
- Très bien, je reviens des courses. Je suis allée acheter du chocolat pour tes cousins qui viennent dîner ce soir.
- Oh, c'est vrai. C'était prévu depuis un bout de temps. Aujourd'hui, je suis allée au parc avec une amie de Daniel, il avait fermé exceptionnellement le bar. C'était superbe. Je vais t'envoyer des photos.
- C'est super ma chérie. Tu as l'air d'aller mieux à ta voix.
- J'essaye oui. Ce travail me plaît et l'homme avec qui je le partage me fait rire chaque jour. Je crois que cette vie pourrait me convenir. J'espère que tu comprends.
- Je n'ai toujours voulu que ton bonheur ma puce. Si ce café te rend heureuse alors je viendrai vite y boire un verre. Ses mots me réchauffaient le cœur.
- Merci maman.

Nous continuâmes de discuter d'un tas de choses, de ses anecdotes farfelues au travail, de Einar qui avait enfin réparé la barrière, de la reine et de ses gardes qui ne peuvent pas sourire même quand un enfant les regarde d'un air fasciné. Elle riait. Je riais. Comme si notre relation n'avait jamais été affectée.
- Ma chérie, je ne veux pas que ma question te bouleverse mais j'aimerais savoir si ta mémoire a évolué depuis…

- Oui, la coupai-je. Je n'avais pas forcément l'intention de t'en parler mais puisque tu demandes, tout est revenu. Il y a peu. Peut-être quelques semaines.
- C'est formidable !

Je n'avais pas osé lui répondre que non, que j'aurais préféré ne jamais me rappeler de cette nuit. Que sans elle, Henry ne me manquerait pas autant. Que sans elle, ma culpabilité et mon mal-être ne surpasseraient pas mes plaisirs.
- Oui.
- Maintenant, il faut faire attention, le médecin nous avait bien dit que si ton cerveau connaissait un nouveau choc, cela pourrait s'aggraver.
- Je sais. Tout le monde me le répète sans cesse.
- Bien. Je dois te laisser, il me reste encore à mettre la table !
- Pas de souci. On se rappelle demain. Tu me raconteras. Passe-leur le bonjour de ma part.
- Évidemment.

Je raccrochai le sourire aux lèvres et les larmes aux yeux. Je réalisai que ma mère m'avait manqué, que j'avais sincèrement ressenti un plaisir d'entendre sa voix à nouveau. Cette après-midi-là, je fus soulagée de ressentir quelque chose à nouveau. Je ne me sentais plus vide.

Malgré cela, il m'arrivait de me regarder dans le miroir et de me trouver horrible. Plus je me fixais, plus les traces de ses horribles mains sur mes hanches me dégouttaient, plus le souvenir du toucher de sa langue dans mon cou me faisait frissonner d'horreur. Je ne pouvais pas arrêter de me penser cette question – pourtant si égoïste – pourquoi moi ?

Depuis mon départ, aucun d'eux n'avait essayé de me joindre. Ni Stan, ni June, ni mon violeur, ni Lis, pas même Henry. Je ne comprenais pas. Je pensais compter pour eux et leur silence m'en faisait douter.

Dans ces moments de faiblesse, je finissais par me regarder et me parler ridiculement devant le miroir, en me disant en me disant que rien de tout cela ne m'aurait touché quelques mois avant. Alors, je fermai les yeux, respirai longuement et allai me doucher. Parfois, une crise survenait, mais souvent, je résistai à l'idée de prendre le rasoir et me faire mal.

Henry

36

Nous étions en avril. Un peu moins de deux mois étaient passés et alors que nous étions dans la même ville, à quelques minutes l'un de l'autre, nous ne nous étions pas croisés. Après tout, c'était à elle de le faire, je n'étais pas celui qui avait menti. Chaque jour, chaque instant, j'essayais d'oublier son mensonge, mais je n'y parvenais pas. Sans explication, c'était impossible. Malgré tout, je l'aimais et je rêvais de la revoir, de l'entendre rire, de l'embrasser, de prendre sa nuque entre mes mains et de sentir son visage collé contre mon torse.

Presque chaque jour, j'allais dans la minuscule ruelle et je la regardai, elle et ce garçon, servir leurs clients. Ils ne cessaient de rire. Elle paraissait heureuse, beaucoup plus qu'avec nous. Je ne voulais pas gâcher sa vie par un désir égoïste et sans doute éphémère. Si Dalia avait décidé de reconstruire sa vie, de se trouver un travail qu'elle aimait, après tout, je ne pouvais lui en vouloir. Elle respectait l'unique promesse qu'elle m'avait faite : celle d'essayer d'être heureuse. Je ne pouvais que respecter ce choix, étant le mien également.
Un soir, elle était allée sortir les poubelles dans la rue. Je n'avais pas pris la peine de me cacher. Elle m'avait vu. Je l'avais fixée longuement, son regard plongé

dans le mien. J'étais effrayé, mais le simple fait de pouvoir admirer sa beauté autrement que par mon imagination me maintenait en place. J'étais pétrifié. Elle ne portait qu'un simple tee-shirt noir avec le nom du café inscrit à l'encre blanche et une queue-de-cheval décoiffée, mais, à mes yeux, elle valait le monde. Effrayé, je fis mine qu'elle ne me faisait aucun effet, je contractai seulement ma mâchoire et me mordis l'intérieur de mes lèvres pour éviter de sourire nerveusement. Puis, elle me sourit, timidement, et avant qu'elle ne s'approche, je disparus, caché par le mur. Derrière ce mur, à l'abri de l'emprise qu'elle avait sur moi, une larme coula. J'avais mal. Mal au cœur. Puis une autre, cette fois de honte. Enfin une dernière, de colère. Comment avais-je pu perdre autant le contrôle de moi-même en si peu de temps ? L'amour m'avait rendu faible.

Ce même soir, quelques heures après, alors que la nuit était tombée, j'étais revenu, enfin décidé à lui parler, à lui dire à quel point je lui en voulais, à lui demander des explications. Seulement, elle n'était pas là. Alors, devant la porte du café, j'avais attendu bêtement comme si quelqu'un allait m'ouvrir et quand je me fis enfin à l'idée qu'elle ne viendrait pas ce soir, l'homme m'ouvrit.
- Pardon, vous fermez j'imagine, balbutiai-je pris de panique.
- Pas si vous voulez boire, me répondit-il en m'indiquant le panneau d'entrée qui expliquait les valeurs du café. Je lui souris faiblement et rentrai.

- Un scotch s'il vous plaît.
- Hum. Dure journée ?

Je me demandais si Dalia lui avait parlé de moi ou si à ses yeux, je n'étais qu'un inconnu de mauvaise humeur. Connaissait-il mon histoire ? Notre histoire ? J'acquiesçai.
- Vous voulez faire une partie d'échecs ? Me proposa-t-il.

Cela ne m'étonnait pas que Dalia s'entende bien avec lui, ils se ressemblaient. Cet homme avait l'air d'être intelligent et simple. Il lui apportait sans aucun doute la stabilité que je n'avais pas pu lui offrir.
- Pourquoi pas oui.
- Je suis très mauvais, ria-t-il. Je ne répondis que par un sourire compatissant.

37

Deux heures du matin. Quatrième échec et mat. Mon quatrième verre en main. J'avais la tête qui tournait. Je ne jouais plus à un jeu, mais à deux. Il ne fallait pas que je laisse l'alcool dans mon sang me trahir.
- Bon, j'abandonne, lança-t-il. Tu aurais pu me dire que tu étais un génie des échecs.
- Ça aurait été moins drôle, ironisai-je en lui serrant la main. Bon, je vais y aller, combien je te dois ?
- C'est bon.
- J'insiste.
- Non, j'ai passé une bonne soirée.
- Bon.

Et alors que je me dirigeai vers la porte d'entrée, j'entendis sa voix au fond.
- Tu lui manques. Beaucoup.

Je ne me retournai pas pendant quelques secondes, réalisant ce qu'il venait de me dire. Alors, je me trahis moi-même, je me retournai, les larmes aux yeux, le regard vide.
- Vraiment ?
- Il ne se passe pas un jour sans qu'elle ne me dise à quel point elle regrette de t'avoir fait cela.

Je repartis à nouveau vers la porte en espérant qu'il me dise autre chose qui me redonne espoir, mais pas un son résonna.
- Un mot à la police de tout ça et tu es mort *mate*. Je te le dis pour toi, t'as l'air d'être un type bien, fais pour elle ce que je n'ai pas réussi à faire.
- J'aurais beau faire de mon mieux, rien ne remplacera ta présence.
- Je sais, c'est pour cela que je dois la récupérer.
- Tu y arriveras, laisse-lui du temps.
- J'essaye.
- Et si tu peux, bute le nouveau chef de votre gang ennemi.
- Qu'a-t-il fait ? Demandai-je inquiet. Il ne répondit pas, comme s'il regrettait d'avoir dit cela, comme s'il n'avait pas réfléchi avant de parler. Lui a-t-il fait du mal ? Dis-moi, l'ordonnai-je en me rapprochant de lui violemment.

- Pas de ça avec moi, me menaça-t-il en restant rigide face à moi. Ce type était vraiment beaucoup plus mature que moi.
- Demain, il ne sera plus de ce monde.
- Comment peux-tu le dire si sûrement ?
- Parce que s'il y a bien une loi qu'on respecte, c'est celle de ne jamais toucher une femme sans son consentement, encore moins les nôtres, et surtout pas la mienne... . Il a signé son arrêt de mort, je ne fais que respecter la loi, conclus-je en chargeant mon arme.
Il me regarda et pour la première fois depuis la soirée, il me parut effrayé.
- Au revoir. Si j'ai la force ou le courage, je passerai dans la semaine la voir. Je l'aime. Il hocha la tête, semblant comprendre ma douleur, et m'ouvrit la porte, m'invitant à sortir.

Les ruelles n'étaient plus éclairées à cette heure-là. Je laissai le temps à mes yeux de s'adapter à l'obscurité puis me dirigeai vers l'*hôtel*. Là-bas, je me fis passer pour un client, traversai le couloir qui menait à sa chambre, puis, tentai trois codes différents, le dernier était le bon, ils étaient vraiment stupides. Je traversai sa chambre silencieusement et avant qu'il ne se réveille, je n'hésitai pas une seconde et tirai en plein cœur. Je n'avais pas essayé d'étouffer le bruit, j'entendis les alarmes se déclencher une à une et partis en courant. Une seule balle me toucha le genou, c'était douloureux, mais je devais courir. Courir pour elle, pour que demain, je puisse aller la voir et lui dire qu'elle n'a plus rien à craindre.

J'arrivai sur le pont de Londres essoufflé, fatigué par tant d'émotions, comme si j'avais à nouveau seize ans. Dieu allait-il me pardonner pour mon acte ? Mon acte, était-il mal ? Qui étais-je pour choisir qui méritait la vie ou la mort ? Mon action, je le savais, allait me causer de nombreux ennuis, mais aujourd'hui, pour la première fois depuis des années, je me sentais libre. J'étais un monstre, mais j'étais libre. Rien n'avait changé, alors je l'avais fait. J'étais devenu ce que j'avais toujours haï et j'en étais fier. Ce paradoxe me rendait fou.

Le pire dans tout cela, c'est qu'en rentrant cette nuit-là chez moi, j'avais dormi comme un enfant. Paisiblement, comme si le lendemain, personne ne viendrait m'accuser, me crier dessus. Je crois même que j'avais rêvé, rêvé de moi, enfant qui courait sur une fine partie de la Tamise gelée. Ma mère gloussait quand June glissait en me courant après. Nous étions rentrés le soir et avions mangé de la glace à la vanille comme en été. Nous avions vécu en une année entière dans une journée : l'hiver, avec la neige, le printemps, quand nous étions partis nous promener à St James Park, l'été en mangeant la glace à la vanille et enfin l'automne, lorsque ma mère nous avait entourés, mon frère et moi, d'une couette à l'odeur de café. Ce jour-là fut le dernier où June m'avait sincèrement aimé.

Je fus réveillé par des coups à ma porte. Ils redondèrent d'intensité. Quelqu'un était en colère et je savais pourquoi.

- Henry ! Ouvre-moi cette putain de porte. Je reconnus Stan qui criait.

Je me levai alors, cela ne servait à rien d'échapper à la foudre, il était l'éclair et mon acte était un océan rempli de haine. J'ouvris la porte et le laissai rentrer. Il essaya de me mettre un coup mais j'eus le reflex de lui prendre la main avant qu'elle ne s'étale sur ma figure.

- Oh, tu n'aimes plus la violence maintenant ? Le coup d'hier t'a écœuré, c'est ça ?! Cria-t-il de rage.

- Il le méritait.

- Mais j'en ai rien à foutre putain ! Tu ne peux pas savoir la merde dans laquelle tu nous as mise toi et ta salope.

Puis, hors de moi-même, j'enfonçai cette fois mon poing sur ses lèvres.

- Ne parle pas d'elle ainsi.

Il se remit du coup et tenta de m'en mettre un à son tour mais June, qui ne devait pas être loin, intervint.

- Arrêtez ça, ordonna-t-il.

June n'était pas le chef, mais il avait le pouvoir d'être respecté par tous, y compris par Stan, qui me lâcha.

- Tu sais ce qu'il a fait ton frangin ?

- Oui. C'est mal. C'était con, irréfléchi, mais on ne pourra rien y changer.

- Et donc, on fait quoi ? On attend que leur bande arrive et nous tue tous un par un par sa faute ? Hors de question de mourir si lâchement.

- Personne ne va mourir idiot. Comme d'habitude, c'est l'argent.
- On n'en a plus, on a tout perdu, le rectifia-t-il comme s'il avait honte de l'avouer devant moi.
- C'est faux, il en reste et on en gagnera bientôt une grosse somme. D'autant plus que ces enfoirés sont ruinés, Elios – le nouveau chef – ne comptait pas à leurs yeux, il n'avait même pas eu le temps de faire ses preuves.
- Si on leur propose cent mille, ils sont tellement désespérés qu'ils accepteront sans hésiter, compléta Stan plus calmement. C'est d'accord.

June hocha la tête, satisfait d'avoir conclu un accord et calmé les tensions mais Stan les relança.
- En revanche, il est hors de question que je dépense un seul de mes sous, il se tourna vers moi. Henry, tu es viré, tu travailleras et me ramèneras la somme avant la fin de l'été. J'avancerai, j'ai toujours été une putain de banque de toutes façons. Je ne vais pas te rappeler nos débuts, s'approcha-t-il le sourire malicieux aux lèvres. Cette fois, si tu ne tiens pas l'accord, tu rejoindras ton pote en enfer.

June lui prit l'épaule pour l'écarter de moi, mais je lui fis signe que tout allait bien.
- C'est toujours tout ce que je t'ai demandé. Enfin, merci, ce n'est pas trop tôt, concluais-je en commençant insolemment à ranger mes affaires. Tu m'enverras ton RIB, me moquai-je.
- J'ai toujours aimé ton humour, répondit-il en quittant la chambre.

Je pouffai un instant, soulagé d'enfin pouvoir faire ce que je voulais. Je regardai June. Lui aussi sans doute rêvait de savoir ce que c'était d'avoir une vie normale. Il avait l'âge d'avoir une femme, d'élever des enfants, d'être heureux simplement, mais non, lui était enfermé dans cet enfer. Lui n'avait pas cette chance. June était le vrai héros de l'histoire, il n'était pas le vilain. Il se regarda dans le miroir, j'avais l'impression qu'il voulait pleurer, mais même dans un miroir cassé, June arrivait à refléter les éclats d'un soleil de début d'été. Dans ses yeux je pouvais voir les ténèbres qui s'étaient volatilisées pour éclairer mon monde. Je m'avançai et avant que je ne le remercie, il me coupa.
- Comment va-t-elle ?
- Je ne sais pas, je ne lui ai pas encore parlé.
- Elios lui a fait du mal ?

Je ne répondis pas, ne voulant imaginer la scène, mais cela lui suffit à comprendre.
- J'aurais agi de la même façon. Tu n'as pas à avoir de regret.
- Je n'en ai pas.
- Très bien. Il réfléchit. Que vas-tu faire maintenant ?
- Sincèrement, j'en n'ai aucune idée. Je rêve depuis des années d'enfin pouvoir choisir ce que je veux faire, mais quand ça me tombe dessus, tous mes projets semblent ne plus avoir de sens.
- Ça viendra, m'assura-t-il. Petit, tu voulais être écrivain. Tu écrivais chacune de tes journées dans un journal, je me moquais des détails insignifiants qui à tes yeux faisaient toute la beauté de celles-ci. De toute fa-

çon, c'est hors de question que je te laisse seul, je vais t'aider, tu l'auras ton argent avant la fin de l'été. Cette fois, je suis là.
- Merci. Oui, c'est vrai, écrire, écrire, réfléchis-je à voix haute, c'est bien. Mais pour l'instant, je ne peux pas, j'écrirai quand je ne devrai plus rien à personne.
- Oui. Ne sois pas si dur avec Stan. Il n'a jamais rien eu pour lui dans sa vie, tu le sais.
- Nous non plus n'avons jamais eu beaucoup de chance. Je me demande chaque jour si Dieu existe vraiment, je ne comprends pas pourquoi, s'il existe, il laisse des gens comme nous mourir de l'intérieur... avouai-je.
- Je comprends. C'est une réflexion très complexe...peut-être que ce n'est pas vraiment lui...
- Comment ça ?
- Dieu nous a également laissé le libre arbitre. Je froncis les sourcils sans vraiment comprendre ce que mon frère sous-entendait. Je ne dis pas ce que tout est de ta faute. Seulement, les gens ont la liberté de faire des choix et je pense qu'il peut y avoir des conséquences, bonnes ou mauvaises. Enfin, je veux dire que même ceux qui ne mériteraient pas de souffrir, s'ils existent, peuvent en être victimes à cause de leurs actions ou celles des autres.

J'acquiesçai et avant de partir, lui fis promettre que l'on se verrait au moins une fois par semaine.
- Je ne veux pas te perdre à nouveau.

- Tu ne me perdras pas imbécile. On ira sur la Tamise enneigée demain si tu veux, le printemps arrive vite, la neige va bientôt fondre.
- Demain ? Très bien, oui. Très bien, confirmai-je le sourire aux lèvres en me rendant compte que lui aussi s'en souvenait et qu'il en avait gardé un souvenir heureux.

June s'approcha de moi et me prit dans ses bras. Je crus entendre un instant, dans un moment de faiblesse, un chuchotement d'un « je t'aime » alors je pensais à maman. Elle serait si heureuse de nous voir à nouveau lui et moi réunis. J'espère que de là-haut, elle souriait elle aussi.

38

Je m'étais décidé à aller la voir aujourd'hui, mais je n'étais plus certain. Et si elle ne voulait plus me voir ? Et si elle n'en avait rien à faire que tout cela soit enfin fini ? Et si elle préférait que chacun vive de son côté ? Des milliards de questions surgissaient dans ma tête chaque seconde. Je passai mes mains sur mon visage en étirant ma peau.

J'avais passé la journée entière à déposer des annonces ou rencontrer directement des gérants d'entreprise, je ne voulais pas paraître désespéré mais sans doute que je l'étais un peu. La plupart avait été compréhensif et m'avait dit vouloir me tenir au courant. Finalement, le dernier entretien était celui qui c'était le mieux passé alors qu'il était celui en qui je basais le moins d'espoir. C'était dans une assez grande maison d'édition de Londres, j'avais vu qu'ils cherchaient de jeunes adultes afin de lire et corriger des livres écrits par des jeunes auteurs. Certes, j'aurais préféré lire du Dickens plutôt que des contes pour enfants, mais au moins, je lirai. Je gagnerai assez d'argent, avec ce que j'avais économisé en plus, pour réussir à rembourser Stan avant la fin de l'été. La dame qui m'interrogea paraissait aimable, elle m'avait dit voir en moi un jeune passionné par la littérature alors que cela faisait plus de deux mois que je n'avais pas ouvert un livre. J'avais ri en sortant de cet entretien, sachant que j'avais menti sur la plupart des choses que j'avais dites, mais que ces choses-là pourraient bientôt être vraies.

Quelques heures après, cette même dame m'appela pour me dire que j'avais le poste et que je commencerai dans deux jours.

Encore une fois, je me retrouvai comme un lâche, dans la nuit, derrière ce muret dans la ruelle, qu'aujourd'hui encore je pourrais décrire parfaitement, lui et tous ses graffitis, tant j'y avais passé du temps. Je la regardai en souriant, elle avait pris beaucoup d'assurance. Il y a un mois encore, je riais quand je voyais qu'elle renversait un café, aujourd'hui, elle avait le téléphone à la main, un café dans l'autre et encaissait un client. Tout ça, en restant plus belle que jamais. Je reçus un message de June qui voulait me retrouver demain pour patiner sur la Tamise et alors que je lui ré-

pondais, j'entendis une voix, que je connaissais parfaitement à côté de moi.
- Alors, je suis sexy quand je fais la vaisselle ? Me demanda-t-elle sûre d'elle.

Je ne sais pas comment elle faisait pour être si à l'aise après tout cela. Je ris, heureux d'entendre sa voix à nouveau mais aussi nerveux d'avoir été pris en flagrant délit.
- Bonjour Dalia, la saluai-je, gêné, en retirant mon dos du mur contre lequel j'étais adossé, pour me mettre à sa hauteur, comme j'avais l'habitude de le faire.
Ses yeux et les miens s'alignèrent, enfin.
- Oui, très sexy, lui répondis-je.
- Je me disais bien aussi, je ne comprenais pas pourquoi on me regardait tant.
- Désolé si ça te mettait mal à l'aise, m'excusai-je en riant de malaise.

Elle rit, elle paraissait si heureuse d'être ici.
- Bon sang qu'est-ce que c'est drôle de te voir gêné comme ça, c'est rare.
- Je ne te le fais pas dire… ris-je.

Un silence s'installa, mais cette fois ce n'était pas dû à une quelconque gêne, je la regardais, je savourais le fait de pouvoir la voir de si près à nouveau et elle faisait de même. Nos pupilles dilatées dans le noir pétillaient, trahissant notre faiblesse. Alors que nos corps se rapprochaient comme des aimants, elle rompit cette tension.
- Rentre si tu veux, je t'offre le premier verre, me proposa-t-elle déjà le dos tourné.

La tempête était revenue. Je la suivis, comme cette nuit où elle l'avait fait, les yeux fermés. Ce soir-là, Dalia aurait pu m'emmener où elle voulait, je l'aurais suivie.

En rentrant dans le bar, je vis l'homme des échecs lui faire un clin d'œil alors j'esquissai un sourire. Elle vint vers moi et me demanda ce que je voulais.

- Un scotch ?

- Très drôle. Ta bière préférée s'il te plaît, lui demandai-je, ne pouvant m'empêcher de regarder son visage en souriant.

Elle revint quelques minutes après, une Guinness à la main.

- Évidemment, soufflai-je en repensant à nos danses.

Le reste de la soirée passa à une allure folle, je ne connaissais personne et pourtant, j'avais l'impression d'avoir été dans ce bar des centaines de fois. Tout le monde riait et dansait, c'était exactement comme la cave de Bergen. Alors que le groupe celtique annonçait sa dernière musique, je me levai et m'accoudai au bar en attendant qu'elle passe. En me voyant, elle fut surprise.

- Oust ! Tu vas faire fuir mes clients avec tes mauvais chakras.

Je ne pouvais m'empêcher de rire.

- C'est la dernière musique, lui annonçai-je en sous-entendant ma requête.

Elle me sourit, elle voulait dire non, comme si danser avec moi n'était pas raisonnable, comme si danser avec moi allait reproduire notre nuit norvégienne.

- J'insiste.

Elle repartit vers la droite et chuchota quelque chose à l'oreille de Daniel. Celui-ci rit et je lus sur ses lèvres un « évidemment ». Alors, elle s'approcha vers moi, le sourire jusqu'aux oreilles, comme un enfant fier d'avoir fait une bêtise, puis elle me tendit sa main. Je mis quelques secondes à lui prendre, la regardant, profitant de cet instant, puis, pris sa main dans la mienne. Un choc d'électricité me traversa le corps. Je n'avais pas touché sa peau depuis des mois, j'en avais rêvé, je l'avais imaginée mais c'était encore mieux que dans mes rêves. Elle était la douceur et l'ouragan. Et alors que les violons commençaient à jouer, guidés par la cornemuse, elle me tira vers le milieu de la salle en sautillant. C'était exactement comme la nuit où nous nous étions connus, mais cette fois, nous n'avions plus peur. Nous étions libres. Je n'étais plus en colère, elle n'était plus triste. Ses cheveux volaient au rythme de la musique, comme s'ils étaient ceux qui décidaient de son cours. Ses yeux pétillaient tant, que même si les lumières avaient été éteintes, ils auraient éclairé la pièce entière. Les gens autour de nous paraissaient émerveillés par tant de joie.

Enfin, quand la musique finit, elle me fixa, ses pommettes dessinées sur ses joues. Puis, elle se jeta sur moi et se blottit contre mon torse, comme j'avais tant voulu qu'elle le fasse depuis des semaines, je l'embrassai sur le front et pris sa tête entre mes mains.

- Vivre sans toi a été un véritable enfer Strøm.
- Je suis désolée, je n'aurais jamais dû…

- On s'en fout, la coupai-je. On s'en fout, on oublie tout. Je ne veux plus me prendre la tête, je veux que ce soit simple, lui dis-je en la fixant dans les yeux le sourire aux lèvres.

J'étais prêt à l'embrasser mais je sais qu'elle n'aurait pas aimé que je le fasse devant tout le monde alors je lui demandai d'aller dehors. Elle fit un signe à Daniel qui l'encouragea. Dehors, il pleuvait, nous ne l'avions même pas remarqué. En moins d'une minute, nos vêtements étaient emplis d'eau et nos cheveux nous tombaient sur le front. Je pris une mèche de ses cheveux mouillés en me rapprochant d'elle et avant qu'elle ne dise quelque chose, je déposai mes lèvres brûlantes sur les siennes. Nous riions en même temps alors de fines gouttes d'eau coulaient sur nos visages qui ne faisaient plus qu'un. J'avais mal au ventre, mais je ne sais pas si c'étaient mes désirs qui s'envolaient ou alors mes rires infinis qui faisaient travailler mes abdominaux. La pluie autour de nous, nous transportait dans un tout autre monde. Nos lèvres se détachèrent enfin et j'enlevai délicatement mes mains de son cou.
- Avant que je me fasse virer, je vais aller débarrasser les tables, m'annonça-t-elle d'une faible voix.

C'était tout elle, fuir ainsi, mais j'y étais habitué et je trouvais cela plus charmant qu'autre chose. Sa peau était habituellement d'une telle blancheur que la rougeur de ses joues la trahissait instantanément.

Quand nous rentrâmes de nouveau à l'intérieur, la plupart des gens nous fixèrent en souriant.
- Oh non... se lamenta-t-elle en riant.

Je ris.

- La pluie a dû laver ces fenêtres que tu n'as jamais touchées, la taquinai-je en pointant du doigt les vitres.

Elle ne réagit qu'en tentant de noircir son regard mais échoua. Elle caressa discrètement mes doigts puis repartit derrière le bar. Je l'attendis le reste de la soirée en jouant aux échecs avec deux autres hommes qui restaient. Puis, quand tout le monde fut parti, nous fermâmes la porte à clé et nous enfuîmes, mon bras enroulé autour de ses épaules, là où le vent nous menait.

Dalia

39

Notre relation était simple. Pas d'une simplicité qui ennuie, mais d'une simplicité qui montre ce qu'est le véritable amour, le sain, le pur. Les rires résonnaient dans les murs de mon appartement, j'apprenais à Henry à cuisiner des plats typiques de Bergen. Il était terrible en cuisine. Souvent, quand il me faisait un gâteau et qu'il me l'apportait au lit, de la farine tombait encore sur les draps et nous riions.

Henry ne me répétait pas qu'il m'aimait souvent, mais chaque jour, chacun de ses petits gestes me le prouvait. Nous nous promenions le matin comme un vieux couple dans le centre de Londres n'ayant plus aucune crainte.

Souvent, au mois de juin, quand lui et moi finissions de travailler, nous allions rejoindre June sur le toit d'un appartement inconnu et nous pique-niquions tous les trois en regardant le soleil se coucher. Nous ne parlions ni du groupe ni des dettes et encore moins de Stanislas.

Henry m'avait tout dit. Il m'avait dit ne plus vouloir commettre les mêmes erreurs. Il m'avait parlé de son meurtre, pour la somme qu'il devait encore à Stan, de tout. Quand il m'avait annoncé qu'il avait tué cet homme sur un coup de tête, je me rappelle m'être braquée, comme si rien de tout cela n'avait de sens. Je ne comprenais pas pourquoi les hommes devaient toujours tout résoudre par la violence.

J'avais commencé à ressentir un mal de tête terrible, comme si l'air ne voulait plus passer dans mon cerveau. Je ne voulais pas entendre à nouveau sa voix, percevoir ses mains sur mon corps. Je fus prise de panique, Henry me parlait, mais je n'entendais pas. Il avait posé ma main sur son torse pour écouter les battements de son cœur, mais bien que je les sentais, mon cœur avait doublé de cadence.

40

Le lendemain matin, dès huit heures, j'avais ouvert les yeux comme si ce qui venait de se passer n'avait été qu'un mauvais rêve. Henry m'avait regardée et comprise.
- Tu ne te souviens pas de ce qui c'est passé ? Pas vrai ? Me demanda-t-il monotonement.

Je n'avais pas répondu. J'avais soufflé en m'installant en tailleur pour plonger ma tête contre mes jambes. Ce cauchemar ne finirait donc jamais. Pourquoi n'avais-je pas moi aussi le droit aux souvenirs ? Je l'avais alors supplié de me raconter notre soirée et il le fit. Ces moments nécessitaient une telle confiance envers lui de ma part. Ce matin-là, il m'avait pris dans ses bras et m'avait chuchoté qu'un jour, tout irait mieux, que tout reviendrait comme avant. Je l'avais cru, évidemment.

Henry

41

J'étais sur la route de l'hôpital St Thomas. Je n'avais pas voulu inquiéter Dalia davantage, mais j'avais besoin de réponses.

Même si reprendre contact avec quelqu'un du groupe ne me plaisait pas, le docteur qui travaillait pour nous il y a encore deux mois avait été un bon ami. Il s'appelait Cathal. Je devais donc me servir de lui.

- Je ne sais pas, expliquai-je, c'est arrivé comme ça, je lui ai dit quelque chose d'un peu choquant – très choquant pensai-je – et d'un coup, elle a paniqué et a fait une crise d'angoisse. Puis, elle s'est endormie et le lendemain, elle ne se souvenait de rien.

- Son cerveau a dû réagir comme s'il s'agissait d'un événement traumatisant, m'expliqua le docteur en m'offrant un verre d'eau que je refusai.

- Alors tu ne penses pas que ce soit lié à son accident ? Demandai-je inquiet.

- Si, évidemment. Henry, écoute, je pense que les médecins de là-bas te l'ont déjà dit, mais elle aurait dû mourir ce jour-là. Tout ce qu'elle fait et fera aura forcément des conséquences sur son état.

- Je sais. Mais quel genre de conséquences ? Ne tourne pas autour du pot, ça m'ennuie, lui dis-je agacé.

- Un tas de trucs... mais qui mènent tous à la mort si Dieu ne lui sourit pas encore une fois, si tu veux que je sois brusque. Un choc, qu'il soit physique ou psychique, peut entraîner une paralysie du cerveau donc la mort, une activité un peu trop forte peut dérégler son rythme cardiaque donc la circulation du sang jusqu'au cerveau donc...

- La mort, le coupai-je, c'est bon, j'ai compris le système, merci.
- C'est toi qui m'as demandé.
- Y a-t-il une solution ? Pour qu'elle puisse vivre à nouveau comme une humaine, une vraie, libre ?
- Non. Pas aujourd'hui. Dans les prochaines années qui sait avec les nouvelles technologies... Mais la médecine d'aujourd'hui est incapable de faire des dons d'organes comme le cerveau ou même simplement de soigner une tumeur.
- Elle est donc destinée à mourir ? Demandai-je froidement.
- Ne le sommes-nous pas tous ?

Je ne répondis pas. Après tout, il avait raison.

- N'hésite pas à passer avec elle, il existe quand même des traitements pour diminuer les risques.
- Bien, merci.
- N'oublie pas qu'une simple accumulation d'événements pourrait être fatale. Ce genre de personne est faible.
- Pourtant, quand je la vois, c'est tout le contraire.
- Personne ne peut se battre éternellement, acheva-t-il la discussion avant de repartir en me serrant la main vers son poste.

42

Si personne n'est immortel, les souvenirs ne pourraient-ils pas au moins l'être ?

43

Nous étions vers la fin du mois d'août et je venais d'être payé. Cela faisait tout juste la somme que je devais à Stan, cette fois, j'avais respecté l'accord. J'avais voulu demander à June de lui déposer lui-même, ne voulant plus adresser la parole à quiconque lié au groupe, ayant enfin trouvé une certaine paix dans ma vie, mais il avait insisté pour que je le fasse. Il m'avait dit, comme s'il s'adressait à un enfant, que la sensation d'avoir respecté un accord serait agréable et que j'en ressortirais fier.

Je me rendis donc pour la première fois depuis des semaines sous le pont de Londres. Là-bas, j'insérai le mot de passe en pensant avoir une infime chance qu'ils ne l'aient pas changé, mais contrairement *aux aigles*, eux réfléchissaient. J'appelai alors June.
- Dis-moi Henry.
- Tu as le code s'il te plaît ?
- Tu sais que si ça ne tenait qu'à moi, je te le donnerai. J'appelle Stan ne t'en fais pas.
- Non, c'est bon, je suis capable de faire ça, je ne pense pas avoir supprimé son numéro. À ce soir.
Je raccrochai et appelai directement Stan.

- Tiens comme c'est bizarre, j'allais justement venir passer faire un coucou chez ta brunette.

Je sentis mes poings se resserrer. Je savais bien qu'il se donnait un rôle et qu'il n'était absolument pas sérieux à propos de ce qu'il disait. Seulement, le simple fait d'entendre sa voix me rappelait les multiples raisons de mon départ.
- J'ai l'argent, je ne te dois plus rien.

J'eus à peine le temps d'en dire plus, la porte s'ouvrit.
- Rentre.

Je marchai dans les couloirs, vides, comme si je travaillais encore ici. Cette sensation de déjà vu était désagréable, j'avais l'impression de trahir à nouveau mes valeurs. En ouvrant la porte, Stan m'attendait juste devant. Il me laissa rentrer et m'offrit un verre de whisky.
- Pas à cette heure-là, merci.
- Je t'ai connu moins raisonnable, blagua-t-il.
- Et toi moins pédant.
- Faux. Je n'ai jamais caché mes dons, mon intelligence, je dirai même mes talents et...
- Je n'ai pas le temps. Je te laisse la valise là, tu as le compte, j'ai vérifié. J'aimerais pouvoir te dire que je suis ravi de t'avoir connu, mais ce serait faux.
- Vraiment ? Insista-t-il malicieusement.
- Un type m'a dit, quand j'étais jeune, que mentir détruisait le monde alors aujourd'hui, je fais une bonne action.
- Très bien, je peux l'entendre... même si tu as tort. Nous n'avons jamais été meilleurs potes et nous ne le

serons jamais, car si ça peut te rassurer les gueules d'anges innocentes de ton genre ne m'ont jamais fait grand effet, mais je t'ai tout donné : l'intelligence, l'impartialité, l'impassibilité, la loyauté, le respect, la dignité… Et que sais-je encore ? Je t'ai tout appris.
- La dignité ? Pour avoir tué des dizaines d'hommes ?
- Oui. Pour en sauver d'autres. C'est ça la vie : la loi du plus fort et celle du plus faible.
- Et c'est bien pour ça que je suis heureux de ne plus rien te devoir. Continue cette vie de merde, cette vision finira par te tuer.
- Je n'ai toujours rêvé que de ça, conclut-il en souriant. On se reverra.

Je partis, étant convaincu du contraire. Stan, dès ma rencontre avec lui il y a des années, m'avait toujours paru effrayant. Non pas effrayant par sa position, ses actes, mais effrayant de folie. Il était capable de tout, qu'il mette sa vie ou celle des autres en danger. S'il avait bien un unique pouvoir, c'était celui de ne pas craindre la mort et ce pouvoir était sans doute le plus puissant de tous.

Dalia

44

- Bonjour ma puce.
- Maman, souris-je, ne m'attendant pas à l'avoir au téléphone aujourd'hui.
- Dis-moi… est-ce que tu comptes rentrer bientôt ?

À sa voix fatiguée, presque brisée, j'avais l'air de lui manquer. Je n'y avais pas encore réfléchi mais après tout, elle avait raison, j'étais celle qui était partie, je devais être celle qui revenait.
- Je ne sais pas.
- Sinon, j'aimerais venir te voir en novembre, qu'en penses-tu ?
- Avec Einar ? Demandai-je sèchement.
- Ma chérie, il n'est pas comme tu le crois. Tu sais, la nuit où… enfin cette nuit-là, il pleuvait aussi. Il t'aime comme sa fille.

Pourtant, je ne l'étais pas.
- Je demanderai à Daniel s'il n'a pas une place pour vous, conclus-je pour ne pas la vexer.
- Ne t'en fais pas, nous avons déjà réservé l'hôtel ! À dans un mois ! S'exclama-t-elle tout excitée.

Évidemment, c'était tout elle, j'aurais dû m'en douter. Malgré son demi-mensonge, j'étais heureuse de savoir que dans un mois, je pourrais de nouveau la serrer dans mes bras.

Alors que je raccrochai et me frottai les yeux avec mes mains, je sentis une main se poser sur ma hanche. Je souris. Puis, un délicat baiser sur ma joue droite.
- Bonjour Dalia, chuchota Henry en souriant fièrement.
Il n'était que huit heures et nous étions samedi, ses cheveux blonds ébouriffés me firent esquisser un sourire.
- Mince, j'ai dû te réveiller, ma mère m'a appelée, excuse-moi.
- Je ne dormais pas, m'assura-t-il. Qu'a-t-elle dit ?
- Elle vient pendant les vacances de novembre…
- Sérieux ? Parut-il surpris, ayant l'habitude d'être sarcastique.
- Oui. Avec Einar.
- Ne t'en fais pas, je serai là.
- Mais ils te reconnaîtront.
- Et alors, ils m'aimeront déjà ! Rit-il.

Je ne voulais pas me prendre la tête alors j'acquiesçai. Il m'encouragea à m'habiller puis alla chercher mon sac et mes chaussures. Henry me traitait d'une façon dont personne ne l'avait jamais fait. Près de lui, je me sentais en sécurité, je me sentais aimée.
- On va être en retard, m'embrassa-t-il encore une fois sur la joue comme s'il ne pouvait s'en passer.
Puis, nous partîmes vers le métro et arrivâmes à l'hôpital.

La première fois que j'étais allée dans cet hôpital, c'était pour y faire ces ridicules exercices pour renforcer ma mémoire. J'avais été d'une humeur massacrante. Aujourd'hui, ces séances faisaient partie d'une routine, je n'y trouvais aucun plaisir, mais elles rassuraient Henry, alors je continuais.

Seulement, parfois, je ne sais ni comment ni pourquoi précisément, j'oubliais des éléments de ma journée et en rentrant le soir, quand Henry me demandait, je faisais semblant d'inventer une histoire. Je ne me sentais pas faible physiquement mais ces trous de mémoire me pesaient. J'avais peur qu'un jour, je revienne, et que son visage m'effraie, comme s'il s'agissait d'un inconnu, comme si je ne l'avais jamais aimé. L'Alzheimer avait toujours été à mes yeux une des maladies les plus douloureuses et je compris pourquoi. Se souvenir, c'était une arme.

Henry

45

Einar et sa femme arrivaient aujourd'hui. Devais-je mentir ? Peut-être qu'eux aussi, traumatisés par ce qu'ils avaient vu cette nuit-là, ne se souvenaient pas de mon visage ? Peut-être qu'après tout, je pourrais vivre ce moment angoissant que tout copain doit affronter devant les parents de sa copine. Peut-être que grâce à cela, je pourrais être normal.

Quand ils sonnèrent à la porte de l'appartement, je demandai à Dalia d'aller leur ouvrir. Je n'en étais pas capable. Elle m'embrassa et me dit que ça irait. J'étais honteux ; ce n'était pas à elle de me rassurer, elle était celle qui avait fui, trahi la confiance de sa mère, je n'étais pas celui qui devait être embrassée.
J'entendis du fond leur conversation, ils avaient l'air heureux de se retrouver. Dalia semblait heureuse. Je me levai du canapé pour aller les rejoindre. En dépassant la porte, leurs regards se posèrent brusquement sur moi.
- Bonjour, affirmai-je sûr de moi.

Sa mère me dévisagea et posa une main sur sa bouche, Einar lui regarda Dalia d'un air incompréhensif.
- Oui, je suis le garçon de l'accident, balançai-je brutalement pour arrêter ce jeu ridicule de regards.

Dalia se retourna vers moi et son regard criait « pourquoi as-tu dit cela » mais je ne fis rien transparaître. La tension était à son comble. J'aurais aimé disparaître. Mais, alors que je m'apprêtais à me présenter autrement, sa mère, toujours bouleversée, intervint en se rapprochant de moi.
- Je suis ravie de te rencontrer dans de nouvelles circonstances.

Le poids dans mon corps s'envola directement. Une simple phrase m'avait suffi. Nous nous installâmes dans le salon, je leur servis une bouteille de vin rouge et nous rîmes le reste de la soirée. Je n'étais pas vraiment à l'aise avec ce genre de repas, je n'y étais pas habitué, surtout avec le contexte de notre rencontre.

Plus tard dans la soirée, alors que les parents de Dalia étaient repartis vers l'hôtel, j'allumai la télé pour regarder les informations. Ils n'arrêtaient pas de parler de choses plus horribles les unes que les autres, alors je la coupai et allai rejoindre Dalia. Je pensais la retrouver en train de lire, mais quand j'arrivai dans la chambre, ses yeux étaient fermés et j'entendais à peine son souffle. Elle était encore plus belle quand elle était apaisée. J'enlevai mon tee-shirt et m'installai délicatement de mon côté du lit. J'éteignis la lumière et j'entendis un chuchotement.
- Ma mère t'adore.

Mon cœur bondit. Elle ne pouvait pas savoir à quel point c'était important pour moi.

- En espérant que sa descendance aussi, car je t'avouerai avoir un peu de mal avec les femmes mariées.

Elle pouffa en me disant que j'étais bête alors je l'embrassai et avant même que je riposte, elle se blottit contre mon torse et cette fois oui, elle s'endormit.

En me réveillant, je partis courir. Je voulais me vider la tête. Malgré le fait que je n'avais plus aucune dette maintenant, les derniers mots de Stan ne parvenaient pas à sortir de ma tête. Cet homme ne mentait jamais, il aimait la vengeance. Pourtant, je n'avais rien fait, mais à ses yeux, j'aurais dû rester ma vie entière à travailler pour lui. Quand une chose ne se passe pas comme prévu, Stan est hors de contrôle.

Je ne réussis pas à courir plus de huit kilomètres ce matin-là, alors je retournai à l'appartement. Là-bas, Dalia lisait, elle ne se rendait pas compte que le danger ne partirait jamais réellement et sa naïveté me rendait fou.
- Tu as pris tes médicaments ? Demandai-je naturellement.
Elle me regarda puis réalisa.
- Merde ! Cria-t-elle en rallongeant le mot. Elle courut vers la salle de bain et revint le sourire aux lèvres. J'avais oublié, merci.

Je voulais lui dire que je ne trouvais pas cela drôle, que si elle voulait aller mieux, elle devait les prendre régulièrement. Elle manquait cruellement de sérieux et j'étais agacé. Au lieu de cela, je lui demandai si elle voulait manger et je fis deux œufs au plat accompagnés d'avocats.

Le soir, elle alla manger avec sa mère et Einar au restaurant. Quand elle revint, elle se précipita dans la salle de bain. Je n'avais pas besoin de la voir, j'entendis le bruit métallique de la plaquette et je compris qu'elle avait de nouveau oublié de les prendre. Je ne dis rien.
Elle débarqua dans le lit et se coucha. Je sentis son regard se poser sur moi.
- J'ai l'impression qu'on rentre dans une routine de couple, c'est horrible, se confia-t-elle de but en blanc.
Je ne savais pas vraiment quoi dire. Elle avait raison, mais un peu de calme était-ce si mal après tout ce que nous avions vécu ces derniers mois ? Sa remarque m'avait frustré. Je ne comprenais pas.
- Si tu prenais tes médicaments régulièrement et allais à tes séances de rééducation à l'hôpital, peut-être qu'on pourrait faire autre chose, lui répondis-je sans réfléchir.
Elle ne répondit pas. Elle releva sa tête de mon torse, les yeux humides.
- Tu pleures ?
- Non, j'ai baillé.
- Arrête Dalia. Écoute, je suis désolé, c'était brutal. J'essaie de t'aider. Ces médicaments sont la seule solution pour de nouveau avoir une vie normale.

Elle rit. Un rire que je n'aimais pas.

- Arrêtez tous de dire ça, je vais exploser. Je ne retrouverai pas une vie normale, pourquoi essayez-vous de me convaincre du contraire ? Le médecin te l'a dit non ? Aucune chance. Tout ce que je ferai sera dangereux.

Une larme coulait sur sa joue. Je voyais qu'elle souffrait. Henry, je n'arrive plus à respirer, l'air ne veut plus rentrer dans mes poumons, j'ai faim, mais je n'arrive plus à manger, je veux vivre, mais je... je n'arrive plus à... J'ai l'impression que je vais mourir, je n'en peux plus...
- Dalia, m'approchai-je en prenant sa tête entre mes mains. Tout va bien, tout va bien. Tu fais une crise d'angoisse. Respire. Ça va aller. Regarde-moi.

Elle mit quelques minutes à se calmer, je voyais qu'elle était épuisée. Elle avait honte de s'être montrée ainsi alors qu'en la voyant comme ça, sans savoir quoi faire, jamais je ne m'étais senti aussi faible. J'allais lui chercher un verre d'eau et lui proposai de jouer à un jeu de cartes. Je tentai de la faire rire toute la soirée et même si souvent, ses yeux pétillaient, je voyais bien que quelque chose avait changé pour toujours.

46

Nous étions à la fin du mois de novembre, quelques jours étaient passés depuis ce soir-là. Dalia avait eu de nouveaux trous de mémoire, mais elle continuait de sourire. Elle se battait chaque jour un peu plus. Elle me demandait de lui raconter ce qu'il s'était passé et je le faisais. Elle ne s'en rendait pas compte, mais chaque jour, elle s'affaiblissait un peu plus.

Un soir, alors que nous nous promenions près de la Tamise, j'entendis un moteur que je connaissais très bien. J'envoyai rapidement mon point de localisation à June au cas où cela dégénérerait et plaçai Dalia sur le côté du trottoir par prudence.
- Tu auras une plus belle vue sur le fleuve de ce côté-là, lui mentis-je.

Quelques minutes plus tard, je sentis une main se poser sur mon épaule. Stan.
- Ça me fait plaisir de te revoir putain ! S'exclama-t-il.
Il tenta de saluer Dalia mais je le repoussai.
- Ça va Henry, me rassura-t-elle. Qu'est-ce que tu veux Stanislas ?
- C'est sexy quand tu prononces mon prénom en entier comme ça.
- Fous-nous la paix.
- Oh mais je ne viens pas faire la guerre… je pensais que vous vous ennuieriez sans aventure depuis des semaines.
- Et non, rit-elle sarcastiquement, figure-toi qu'on se porte très bien sans voir ta gueule.
Je ris. Elle avait beau être épuisée, Dalia n'avait besoin de personne. La situation était drôle mais je ne voulais pas que cela dure.
- Allez adieu !
- Attends. On a à peine commencé à parler, il ne faut pas raccourcir nos retrouvailles Henry, c'est malpoli.

- Va te faire foutre.
- Tiens, où est June ? Tu sais, le petit l'ange, celui qui n'a jamais tué personne, celui qui s'est toujours si bien occupé de son petit frère…
- Tais-toi ou je te ferai taire moi-même.
- C'est une menace ?
- À quoi est-ce que ça pourrait ressembler d'autres ?
- Je vous invite au pub, maintenant.
Je ris. Je n'en revenais pas. Dalia à côté de moi rit aussi.
- Pourquoi est-ce qu'on accepterait ?
- Parce que vous n'avez rien d'autre de mieux à faire.

Dalia rit et me regarda comme pour avoir confirmation. Elle n'était pas sérieuse ? Si, je crois bien que si. S'ennuyait-elle à ce point pour accepter de retourner en enfer ou était-elle seulement trop curieuse ?
- Pas longtemps.

Stan nous invita à passer devant lui, nous indiquant dans quel pub il voulait nous amener, fier d'avoir réussi à nous convaincre. Si cet homme ne travaillait pas dans l'économie souterraine, il serait sûrement un bon commercial.

Nous arrivâmes au bar, la musique était déjà assez forte, les lumières à peine assez fortes pour apercevoir les barmans. Stan nous offrit un verre.
- Je te laisse goûter d'abord, demanda-t-elle en souriant faussement.

Elle manquait sincèrement de confiance en lui et elle avait raison.

- Tu crois sincèrement que je serais capable de te droguer ?
- Je pense que tu es capable de tout.
- Merci, la coupa-t-il avec insolence.

Il but une gorgée du cocktail et lui tendit. L'orange du cocktail faisait ressortir parfaitement ses cheveux bruns et ses mèches qui flottaient sur son front reflétaient sa liberté. Elle était belle et j'aurais aimé être le seul ce soir à la regarder. Je voyais bien que Stan la dévorait du regard et il me rendait fou. Ce pervers avait déjà passé la quarantaine, c'était terriblement malsain. Dalia, qui n'avait attendu que cela, une soirée différente des autres, jouait de cette tension entre nous. Elle cherchait mon regard, mais il n'y avait pas besoin. Je ne regardais qu'elle.

Stan nous parlait de ses projets, je ne comprenais pas bien pourquoi il nous avait invité mais il avait quelque chose derrière la tête. S'il voulait nous balancer un contrat, il l'aurait fait depuis longtemps. Que mijotait-il, bon sang ?

Alors que je m'apprêtais à lui dire que l'on partait, June m'envoya un message pour me dire qu'il arrivait. Une minute après, il traversa la porte, la mâchoire serrée, le regard plus sombre que jamais. Stan était surpris. C'était rare de le voir déstabilisé ainsi.

- Nous voilà tous réunis !
- Dommage qu'on ne soit ni une famille ni des amis, le coupa Dalia pour freiner son enthousiasme.

Je me levai pour saluer mon frère et Dalia fit de même en le serrant dans ses bras. Leur relation était comme frère et sœur depuis quelques mois, j'aimais les voir ainsi. Les gens pardonnent, les gens changent.

Le calme ne dura pas longtemps. Alors que Stan recommençait à raconter une soirée passée à tuer des innocents par plaisir, June l'interrompit.
- Tu n'en as pas marre d'être un connard à la fin ? Tu ne voudrais pas être quelqu'un de normal, quelqu'un de bien ? Faire le mal constamment ne finit pas par te lasser ?
- Je ne sais pas. Je ne me rends plus compte.
- « Il y a pire que d'avoir une âme perverse, c'est d'avoir une âme habituée »[5], marmonna Dalia en faisant semblant de compatir de sa situation.
- C'est de qui ?
- Hannah Arendt, une philosophe qui a contribué au procès d'Eichmann.
- Tu me compares à un SS là ?
- N'abusons pas, lui répondit-elle en souriant faussement.

La soirée suivit son cours, il était tard, mais l'insolence de mon frère et de Dalia m'amusait. Je restais silencieux, j'écoutai les absurdités de l'un et admirais le répondant de l'autre. Cela avait l'air d'un vrai jeu. Cependant, alors que Dalia s'énervait parce que Stan avait sexualisé vulgairement Lis', elle plongea son regard dans le mien.

---

5 Citation de Hannah Arendt qui explique le concept de « la banalité du Mal », 1961, Procès d'Eichmann en Israël.

- Je vais aux toilettes, je reviens.

Je m'inquiétais, ce n'était pas son habitude de s'arrêter en plein milieu d'un débat ainsi. Elle voulait toujours gagner, avoir le dernier mot. Je dirigeai mon regard rapidement vers Stan qui avait un sourire en coin. Il rit en voyant mon air perdu.

- Elle peut quand même aller pisser non ?

Je ne répondis pas à sa remarque et je laissai June finir la discussion.

En arrivant vers les toilettes du bar, des femmes me dévisagèrent. Je n'avais rien à faire là-bas, elles étaient en droit. Londres n'était pas forcément la ville la plus sûre d'Europe et j'entendais leurs doutes.

- Excuse-moi, interpellai-je une fille, est-ce que tu aurais vu une brune, la peau très pâle, les yeux bleus ?
- Non. Mais il y a une toilette qui est fermée depuis pas mal de temps.

Je la remerciai et décidai de rentrer sans vraiment faire attention à ce qu'il se passait autour. Quand les toilettes se vidèrent enfin, je décidai d'appeler son prénom. Le silence. Puis, alors que la musique dans le bar était de plus en plus branchée techno, j'entendis le verrou de la porte se déverrouiller. Je vis une de ses mèches dépasser.

- Tout va bien ?

Elle ne répondit pas et me tira par le bras pour me faire rentrer dans les minuscules toilettes. Mon visage n'était qu'à quelques centimètres du sien et je vis ses yeux rouges. Exactement les mêmes que ceux de la première nuit. Un mélange de peur, de fatigue, de tris-

tesse. Je pris sa tête entre la paume de mes mains et lui demandai ce qu'il se passait.
- Je...je crois que j'ai été droguée.
- Par Stan ? Demandai-je bêtement.
- Qui voudrais-tu que ce soit d'autre ? Demanda-t-elle en pleurant.
- On va partir. On va arriver devant la table, tu vas agir normalement – lui ordonnai-je en séchant ses larmes –, ne montre pas que tu as peur. June est là. Je suis là.
J'envoyai un message à June pour lui expliquer la situation, embrassai sur la tempe Dalia puis sortis des sous de mon porte-monnaie. Je refusai que cet homme paye pour nous.

- Vous partez déjà ? Demanda-t-il avec un sourire narquois.
- Oui, on est fatigué, répondis-je sèchement.

Je déposai l'argent sur la table, saluai June et enroulai mon bras autour de la taille de Dalia. Dehors, il faisait un froid glacial et nous n'étions pas assez couverts. J'entendais ses dents grelotter. Alors, j'appelai un taxi.
- Bonsoir, direction l'hôpital St Thomas. S'il vous plaît.
Dalia, encore consciente, me regarda ne comprenant pas ma requête.
- Je culpabiliserai toute ma vie si je ne t'y emmène pas maintenant.

Manquant de force, elle ne tenta pas de m'en dissuader, de se débattre. Cette nuit-là, à deux jours à peine de l'anniversaire de notre première rencontre, je compris que les minutes comptaient.

47

Les urgences l'avaient prise en charge rapidement. Cela faisait maintenant deux bonnes heures que je faisais semblant de lire dans la salle d'attente. Mes yeux voyaient des lettres, mais mon cerveau ne parvenait pas à faire de lien entre les mots pour construire l'histoire.
Et si elle ne se souvenait de rien ? Et si cette soirée était la dernière ?

J'observai les autres autour, la plupart étaient des dames âgées ou alors des jeunes parents. Un râlait car son enfant, qui s'était ouvert le front, n'avait toujours pas été pris en charge. La colère des uns fatiguait les autres. Entre les cris des patients apeurés, le bruit des machines et les râlements des infirmières, j'allais devenir fou.

Au bout d'une heure, ma patience prit fin. Je décidai d'aller demander de ses nouvelles. C'était inhumain de laisser ainsi quelqu'un sans rien dire. Malgré ce que je laissais paraître, à l'intérieur de moi, je mourrais de peur.
- Bonsoir madame, ma copine est là depuis quelques heures maintenant et...
- Son nom s'il vous plaît.
- Strøm.

Je prononçai son nom avec un accent norvégien appuyé ce qui fit esquisser un sourire à l'homme devant moi.
- Salle 304. Les médecins viennent à peine de finir son examen.
- Et comment va-t-elle ?
- Je n'ai pas encore accès à ses informations. Allez voir par vous-même.
Je la remerciai puis partis vers l'ascenseur.

Par chance, en arrivant devant la porte, je vis Cathal sortir. Je fus soulagé que ce soit lui qui s'occupe de Dalia, il connaissait son cas et n'allait pas établir un mauvais diagnostic.
- Henry, me salua-t-il en me serrant la main.
- Cathal.
- C'est grave ?
- Sincèrement, je ne peux rien te dire pour l'instant, son état est difficile à établir mais en tout cas elle a été droguée, c'est sûr. Tu sais par qui ?
Je ris. Un rire de haine. Un rire qui disait : pourquoi être si naïf ?
- Stanislas... en déduisit-il lui même. Putain, ce type me rend dingue. Quand on s'est connu pour la première fois, il y a vingt ans environ, je croyais que c'était un mec bien. Un mec révolté par la société certes, qui faisait du mal pour rendre justice. Puis j'en ai douté. Maintenant, je n'y crois plus. Je me sens tellement bête d'avoir cru en son jeu.

- Nous y avons tous cru, moi le premier. Il est bon. Il ment comme un dieu et persuade quiconque de le défier. Il n'a aucune force, mais fait croire le contraire. Son point fort dans ce jeu c'est de retourner la vérité. Il prend le point faible de chacun d'entre nous et le transforme en une arme pour lui…
- Arrête, on dirait que tu décris un monstre…
- Mais il l'est putain ! J'ose à peine ouvrir cette porte par sa faute, j'ai peur qu'elle ne se réveille plus.
- Ouvre-la. Tu es plus courageux que cela.

Je ne lui répondis pas, agacé par sa dénégation et ouvris la porte. Devant moi, elle dormait. Elle semblait en paix.
Je m'assis sur un fauteuil près d'elle, lui pris la main et pleurai. Alors que je m'apprêtais à dormir, j'entendis des toussotements. Je relevai mon regard en espérant trouver une lumière dans ses yeux. Puis, je vis le soleil. Elle me sourit, puis rit. Elle était si forte, mais paraissait pourtant si faible.

Elle toucha ma veste et tira sur les cordons de mon pull. Elle rit encore. Elle voulut se lever mais je l'en empêchai. Je ne pus m'empêcher de rire aussi.

Une infirmière passa alors pour me dire que son état n'était pas encore établi et qu'aucun diagnostic n'avait pu être établi. Ils avaient détecté une anomalie dans un coin de son cerveau, mais ne comprenaient pas d'où celle-ci provenait. Je décidai d'ignorer cette information pour les quelques minutes qu'il me restait auprès d'elle.

Je tentai de lui faire avaler la compote que l'infirmière avait déposée sur la commode, mais à peine elle ouvrit sa mâchoire pour faire pénétrer le liquide que je voyais des éclairs de douleur traverser ses yeux. Malgré tout, Dalia continuait de jouer son rôle, elle soufflait sur la compote qui se collait alors sur mon visage.

Il ne restait qu'une dizaine de minutes avant la fermeture des visites, elle me racontait pour la millième fois ses rêves d'enfant jamais aboutis, son souhait de visiter les églises de Lalibela en Éthiopie.

Je ne sais pas si Dalia était réellement consciente de ce qu'elle disait cette nuit-là, mais jamais je ne me sentis aussi bien près d'elle. À l'entendre rire, je retrouvais l'espoir, qu'un jour, nous puissions courir des heures sans avoir peur qu'à l'arrivée, elle oublie qui je suis.

Dalia

48

Je voulais faire rire Henry. Il avait toujours été celui qui le faisait, aujourd'hui, c'était à moi de voir ses lèvres s'étirer, ses yeux s'éclairer, sa voix dérailler.

En entendant les propos de l'infirmière à propos de mon état, j'avais compris. Il ne fallait pas que je m'endorme, pas maintenant. Je sentais comme un couteau qui transperçait lentement mon crâne, je n'avais pas mal physiquement, mais à chacune de mes respirations, j'avais l'impression que l'on m'ôtait une connaissance, un souvenir, un amour.

Je mourrais de peur. J'étais effrayée à l'idée de fermer les yeux et ne plus jamais me réveiller. Je voulais pleurer, et voir les yeux de Henry emplis d'espoir m'enrageait. Crier. Courir. Crier. Quand Henry avait quitté la pièce après m'avoir embrassée, Cathal à son tour avait débarqué. Je me demandais quand est-ce que ce cauchemar allait prendre fin. Je compris à son regard que lui aussi avait compris. Cathal était un talentueux médecin chirurgien dont l'esprit critique et la réflexion étaient infaillibles. J'avais vu à travers la vitre son visage s'assombrir en découvrant les résultats des scanners de mon cerveau. Il m'avait regardée, les yeux embués, comme si j'étais une amie, comme s'il m'aimait.

Alors, quand son visage apparut à nouveau près du lit, mes paupières se fermèrent, je ne pouvais plus résister contre la fatigue. Je le suppliai de ne rien lui dire. Que s'il demandait, lui répondre que demain, dès l'aube, je pourrais à nouveau courir vers la Tamise. Je lui parlais de Mill, ce philosophe anglais que je détestais. Je lui disais que parfois, le mensonge était bon, que s'il protégeait quelqu'un, que s'il permettait de faire le bien, alors il fallait mentir. Cathal avait réagi en me parlant de Kant mais en voyant les larmes couler sur mon visage, il se tut.

- Je veux qu'il se souvienne de moi comme une personne heureuse. Je lui ai promis de rire, de sourire la première nuit où nous nous sommes rencontrés. Aide-moi à tenir cette promesse, je t'en supplie. Je ne veux pas qu'il pense que je vais oublier ma promesse, que je vais l'oublier...

- Mais tu vas l'oublier Dalia, tu le sais, avoua-t-il en frottant sa main contre son nez comme si j'étais le cas le plus difficile qu'il ait connu. Ce parasite est en train de ronger toute une partie de tes souvenirs. Seulement, à ton réveil, tu ne seras plus qui tu es. Mais Dalia, s'empressa-t-il de rajouter, cette fois, j'ai espoir que ce soit différent, c'est difficile à expliquer ; tu es épuisée, mais la drogue qui a été injectée dans ton corps va encore agir négativement quelques semaines, mais après ça, il y a une chance que tout redevienne comme avant. Infime, mais elle existe. Il faut croire aux miracles.

Ses mots m'effrayaient. Je n'en entendais que la moitié. Je n'avais jamais eu peur de la mort jusque-là.
- Il n'y a aucun remède ? Aucun pour que je ne l'oublie pas ? Insistai-je à bout de force.

Il ne répondit pas, il n'osait pas, il ne savait pas.
- Tu crois qu'il reviendra ? Qu'il fera comme la première fois ? Que nous ferons connaissance encore et encore ?
- Je ne peux pas répondre à cette question.
- Mais tu le connais !
- Pas assez... pas assez Dalia. C'est le genre de décision que seul lui pourra prendre et jamais je ne le conseillerai, quel que soit son choix. Tu es son soleil, tout le monde le sait.
- Arrête...j'ai mal.

Mon cœur criait à l'aide, il voulait exploser face à une telle injustice. Alors que mes derniers bâillements faisaient leur apparition, mes paupières lourdes se fermaient.
- Peut-être que le soleil n'est beau que s'il est loin...

Je voulais vivre, mais c'était trop tard.

PARTIE III

Henry

49

Je l'avais perdue un dix-sept décembre.

Elle avait survécu.
Mais sans moi.
Sans nous.

Je m'étais torturé moi-même, à croire que tout aurait pu redevenir comme la nuit où nous nous étions connus parce que l'espoir de la revoir à nouveau était meilleur que mille réalités de connaître quelqu'un d'autre.

Je refusais que les souvenirs de Dalia s'envolent avec les miens. Je ne pouvais accepter une telle fin. N'avions-nous pas, nous aussi, le droit à une justice, à une fin heureuse ?

Qu'y avait-il de mal à rêver, à s'aimer ?

Pourquoi Dieu me faisait-il du mal ainsi ? N'avais-je pas déjà traversé assez d'épreuves ?

Quand Cathal m'avait appelé le matin, pour me dire qu'ils transféraient son corps à l'hôpital de Bergen à la demande de ses parents, mon cœur m'avait lâché.

- Elle n'est pas morte, elle va bien, enfin, du moins elle est sauvée. Son état se rétablira lentement mais elle s'en sortira…
- Tais-toi, je t'en supplie, tais-toi, lui priai-je.

Je savais très bien que rien n'était de sa faute, mais, plus ses explications avançaient, plus je sentais cette phrase arriver et je ne pouvais me résoudre à l'entendre.
- Je suis désolé Henry. Je sais ce que ça fait de perdre quelqu'un que l'on aime.
- Tu vois, tu n'as pas eu besoin de le dire finalement.
- Tu devrais prendre des vacances… tenta-t-il, ne sachant que dire.
- Ils ne reviendront pas – ses souvenirs – n'est-ce pas ?
Il ne répondit pas.
- Cathal, réponds-moi, est-ce qu'il y a un putain d'espoir à avoir oui ou non ?
- Non.
- Merci d'avoir pris soin d'elle.

Je raccrochai et courrai vers mon balcon. Mes poumons manquaient d'air, mes yeux me piquaient, ma gorge était nouée et j'avais l'impression que mon corps tout entier était hors de contrôle.

Quand je compris qu'elle m'avait oublié, encore une fois, j'eus pleuré. J'eus pleuré car elle ne se souvenait non seulement ni de moi, ni de nos baisers, nos colères, nos larmes, nos rires, nos promesses. Je rêvais de prendre son fin visage entre mes deux mains et de lui susurrer que je l'aimais, que j'étais prêt à tout recommencer, à lui apprendre à nouveau à prononcer mon nom s'il le fallait. Je rêvais de lui dire que ce n'était pas grave, que se serait la dernière fois que cela arriverait, que maintenant, nos efforts ne seraient pas vains, que nous pouvions enfin construire ce dont nous avions toujours rêvé tous les deux. Mais était-ce raisonnable ? Revenir en vain et en vain vers quelque chose auquel on est attaché mais qui disparaît dès lors que l'on s'approche d'un peu trop près ? Tout reconstruire, pour qu'en un coup de vent, tout s'envole ?

Ne valait-il pas mieux pour elle, de lui laisser cette chance, cette chance de se reconstruire ? Elle m'avait oublié, il ne lui suffisait que de reprendre des forces puis retourner étudier et sa vie serait parfaite, non ? Dalia mérite d'être heureuse, elle mérite cette vie simple dont nous avions toujours rêvé. Ce jour-là était arrivé, on la lui avait offerte, cette vie d'une douceur fabuleuse, seulement, Dieu avait oublié que dans ce rêve, elle n'était pas seule. Que moi aussi, il m'était arrivé d'en rêver.

50

June sonna à la porte de l'appartement. Rien n'était rangé, il avait rarement été dans un état aussi miséreux. June me prit dans ses bras en me confiant qu'il était là, que lui, ne m'oublierait jamais. Je lui offris un verre de whisky puis nous nous installâmes dans la cuisine. Nous ne parlâmes pas pendant au moins vingt minutes, le silence plombait les murs.

- Que comptes-tu faire ? Me demanda-t-il brusquement en brisant le silence.
- J'ai appris tant de choses dans ma vie, certaines que je voulais, d'autres non, mais, apprendre à vivre sans elle est sans aucun doute la dernière chose que je voulais, avouai-je.

Il ne répondit pas, fit mine de comprendre ma réponse en hochant la tête.
- Je ne sais pas putain, je ne sais pas...m'écroulai-je.

Il prit ma tête entre ses mains pour me relever, il voulait que je reste fort, comme lui l'avait été pour Rose.
- Tu ne penses pas que ce serait plus simple si j'abandonnais tout simplement, si pour une fois, je ne forçais pas le destin ?
- On ne force jamais le destin Henry. Tout est écrit.
- On s'en fout, tu comprends ce que je veux dire. Un an, ça fait un an qu'elle vit un enfer à nos côtés, on lui a détruit sa vie avec nos histoires, ne serait-il pas temps de la laisser vivre en paix ? maintenant qu'elle en a l'occasion...
- Elle a vécu les pires comme les meilleurs moments de sa vie avec nous Henry, c'est faux ce que tu dis.
- Je t'interdis de parler en son nom, tu n'en sais rien, tout comme moi.
- Si, je sais. Je sais que Dalia était folle amoureuse de toi et que si vraiment cette vie de merde, comme tu dis, ne lui avait pas plu, elle serait déjà partie depuis longtemps. Avant toi, elle n'avait jamais vécu, on n'a

pas pu détruire quelque chose qui n'a jamais existé Henry.

- Je pense que ce serait égoïste d'essayer à nouveau. J'ai essayé, ça n'a servi à rien, regarde où j'en suis !

- Tu es lâche ! La situation est complètement différente, tu ne dois plus rien à personne, Stan est en train d'être jugé à cette heure-ci, et toutes les preuves sont en notre faveur. Tout a changé. Tout. Tout sauf votre amour, putain, c'est à toi d'ouvrir les yeux.

- Mais elle m'a oublié June, oublié ! Notre amour, comme tu dis, n'existe même plus pour elle, elle ne se rappelle ni de nos baisers, ni de nos rires, rien, explosai-je en pleurs. J'étais si faible.

- Peut-être, mais toi, au moins, il y a un espoir, même minuscule, qu'il renaisse. Elle n'est pas morte, avouat-il calmement, comme si c'était la phrase de trop.

- Pour moi, elle l'est.

Un silence s'installa quelques minutes, mais June le brisa.

- Je veux m'excuser. Si on en est là aujourd'hui, c'est de ma faute. J'ai fait beaucoup d'erreurs l'année dernière, c'est impardonnable et je ne sais même pas pourquoi tu l'as fait. Si j'avais su que tu étais amoureux, à Bergen, je n'aurais jamais fait cela. Je suis désolé. Sincèrement désolé.

- Si Dieu réussit à pardonner, même les choses les plus terribles, je dois moi aussi le faire. Je n'oublierai jamais, mais je ne t'en veux plus. Moi aussi, j'ai fait des conneries. On en fait tous. Tu es mon frère, tu es l'unique personne qu'il me reste.

Il se leva de sa chaise, déposa son verre et se dirigea vers la porte d'entrée, agacé par la dispute que nous venions d'avoir. Avant de partir, il m'embrassa malgré tout, il avait peur pour moi sans doute.
- Ma décision est prise. Je ne pense pas réessayer June, je préfère être sincère avec toi. Je pense qu'elle sera plus heureuse sans moi. Elle et moi, ça a été une belle histoire, sans aucun doute la plus belle que j'ai connue, mais toutes les belles histoires ont une fin.
- Tu sais, Oscar Wilde, ton auteur préféré si je ne me trompe pas, a écrit dans un de ses bouquins que ce qui n'a jamais vraiment vécu, ne peut pas vraiment mourir. Puis, il partit.
- Je ne comprends pas. June ! June explique-toi !
- Bien sûr que si, tu comprends, Henry. Réfléchis. Je passe te voir demain.

J'avais passé le reste de la journée à repenser à ses mots. Je manquais de patience. J'avais évidemment compris sa citation, mais il m'était impossible de faire un choix. Mon cœur me criait d'essayer à nouveau mais ma raison, elle, criait à l'égoïsme, à la folie.

Si ne plus jamais la revoir la rendait heureuse, alors je préférais mille fois être seul et savoir qu'à l'autre bout de la mer, son sourire réchauffait le cœur d'autres comme il avait auparavant réchauffé le mien.

J'allais dormir, en priant pour son bonheur. Je n'avais prié que pour deux personnes dans ma vie, ma mère et Dalia. Je ne sais pas si après avoir pensé tant de mal de Dieu, il m'écouterait, mais au moins, je m'endormis avec une douleur moins lourde sur la conscience.

Je ne savais pas si un jour, je retrouverais ses longs cheveux noirs, ses yeux aux couleurs d'une pierre de Lune, sa pâleur, son rire, le ton de sa voix, mais, quand je dormais, au moins elle était là. Quand je dormais, elle se souvenait encore de mon prénom, sa façon norvégienne dont elle avait l'habitude de le prononcer me rappelait à quel point j'étais amoureux d'elle. Et le sien : Dalia. Peut-être que simplement, son nom était gravé dans mon âme, mais pas dans mon destin.

Alors, si nous ne nous rencontrons pas demain, ni le jour qui suit, parce que le monde le veut, nous nous rencontrerons dans mes rêves, là où rien n'est interdit, car cette nuit-là, quand j'ai vu dans ses yeux une telle tristesse, j'ai compris. J'ai compris que j'étais là pour la sauver, pour me sauver, pour nous sauver. La nuit me l'avait promis, elle nous l'avait promis : s'aimer ou mourir, ensemble, c'était ce que la nuit nous avait promis.

Dalia

51

Je me réveillais dans mon lit. Des draps bleu marine m'entouraient. Je sentais l'odeur d'une pluie douce. J'ouvris faiblement les yeux et vis à travers ma fenêtre des nuages gris dans le ciel. Au loin, un arc-en-ciel apparaissait. J'essayai de me lever, mais une douleur au niveau de ma nuque me fit pousser un cri d'effroi. Ma mère ouvrit la porte délicatement, un verre d'eau à la main et un sac en carton de l'autre.
- Je t'ai apporté du Eplekake ma puce, me sourit-elle en déposant ses affaires sur ma table de chevet.

Elle m'embrassa sur le front et repartit en me confiant qu'elle avait du travail.

Je pris un bout du gâteau aux pommes et le mâchai lentement. Puis, je voulus prendre mon téléphone pour regarder quel jour nous étions, mais je ne le trouvai pas.
- Maman !

Ma mère débarqua à nouveau, l'air paniqué.
- Je ne trouve pas mon téléphone, tu sais où est-ce que je l'ai mis ?
- Tu l'as cassé pendant l'accident, Einar est parti t'en acheter un nouveau.
- L'accident ?

Ma mère laissa tomber un dossier de paperasse par terre. Ses mains tremblaient.

- Mais oui, tu sais, on en a parlé hier ma puce... l'accident.

Je passai mes mains sur mes cheveux. Comment était-ce possible d'oublier si vite ?
- Non, je, je ne m'en souviens pas... je, je suis désolée maman.
- Ça ne fait rien, s'efforce-t-elle de me dire. Tu as oublié quelques souvenirs de ces derniers mois à cause d'un choc ma chérie, mais tout va bien, ils reviennent, tu as fait de nets progrès. Nous sommes tous là pour t'aider à reconstruire la vie que tu souhaites.
- Nous ?
- Oui, moi, Einar, les médecins... tous, m'expliqua-t-elle en me serrant dans ses bras.
- Mais comment je peux savoir ce que je souhaite si je ne sais plus qui je suis ?
- Tout ira bien, je te le promets.

Ma mère, fatiguée par tant de questions, me confia qu'elle devait repartir pour répondre à un appel urgent mais que ce soir, nous accueillerons des amis à manger. Elle me demanda de faire un effort pour paraître la plus normale possible. Comment pouvait-elle parler, agir comme si tout était normal ? Comme si je n'avais pas entièrement oublié une partie de ma vie ? Je me rappelais à peine de quelle année nous étions, je ne savais même plus ce que j'étudiais... J'aurais préféré mourir dans ce maudit accident.

Soudain, j'eus envie d'aller prendre l'air. Dans cette maison, j'étouffais. Je pris un repose cou autour de moi, l'enfilai, mis un manteau difficilement. Mes muscles étaient si faibles qu'on aurait dit que je venais de me réveiller d'une nuit d'heures infinies. Je ne savais pas si j'avais le droit de sortir, mais personne ne pouvait m'en empêcher.

En arrivant vers le ponton, dehors, il faisait frais. Je remis mon écharpe autour de mon cou puis m'assis au bord de l'eau. Je trouvai dans la poche de mon manteau un paquet de cigarettes. Surprise, je me demandai si je fumais, je ne m'en rappelais pas non plus. Au lieu de prendre une cigarette et l'allumer, je soufflai et remis le paquet dans ma poche.

Quelques minutes plus tard, alors que les vagues et le vent augmentaient en intensité, j'entendis un groupe d'amis derrière moi. Je me retournai. Ils avaient l'air heureux. Il y avait deux garçons, un brun, d'une trentaine d'années, et un blond, plus jeune. À leurs côtés, une jeune fille à la peau mate riait avec un garçon noir de peau. Ils parlaient en anglais.
Voyant que je les fixais, ils semblaient ne pas savoir quoi faire, alors, je pris une bouffée d'air et leur demandai :
- Vous savez quel jour on est s'il vous plaît ?

Au lieu de rire, comme tout humain aurait fait par une telle question, ils s'arrêtèrent de parler. Ils avaient l'air de ne pas savoir quoi répondre, comme si eux non plus, n'en avait aucune idée.
- Le douze janvier 2023, me répondit le garçon blond en me proposant de l'aide pour me relever.

Je le remerciai en acceptant son aide, puis, une fois debout, il me regarda profondément dans les yeux et me dit :
- Bonjour, moi c'est Henry.

Remerciements :

Avec toute ma gratitude, je tiens d'abord à remercier mes premiers lecteurs. Vos retours sur *Aux Antipodes* et vos encouragements à poursuivre l'écriture ont illuminé ces deux dernières années de ma vie, m'offrant un soutien et une motivation sans égale.

L'écriture de ce roman a été un véritable défi, à bien des égards. Je voulais remercier du fond du cœur ma famille et mes proches, qui ont été des piliers essentiels dans cette aventure, particulièrement pour leur aide précieuse lors des relectures : Anne-Laure Sarrau, Arthur Sarrau, Eric Sarrau, Éliane Olivier, Véronique Olivier, Adeline Oudart, Pierre Sarrau et Emma Ozubko. Vous avez contribué, par votre patience et votre générosité, à faire de ce projet une réalité. Merci infiniment.

J'espère que Ce que la nuit nous avait promis vous a plu. Je meurs d'envie d'entendre vos retours. Nous nous retrouverons bientôt, je n'en doute pas.

© Justine Sarrau, 2025
Édition : BoD · Books on Demand, 31 avenue Saint-Rémy, 57600 Forbach, bod@bod.fr
Impression : Libri Plureos GmbH, Friedensallee 273, 22763 Hamburg (Allemagne)
ISBN : 978-2-8106-2324-2
Dépôt légal : Février 2025